KB046066

6

Hibariyu

히바리유 지음

illust 서소

전학 간 학교의
청순가련한 미소녀가
옛날에 남자 라고 생각해서 같이 놀던
소꿉친구였던 일

Contents

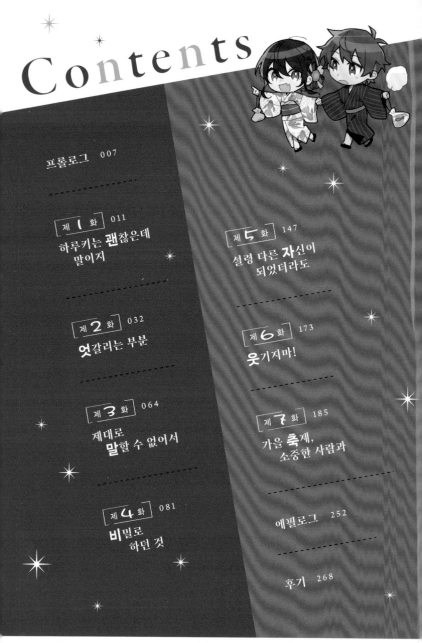

illustration by 시소   design by 무카데야 유우코+토요타 치카(무시카고 그래픽스)

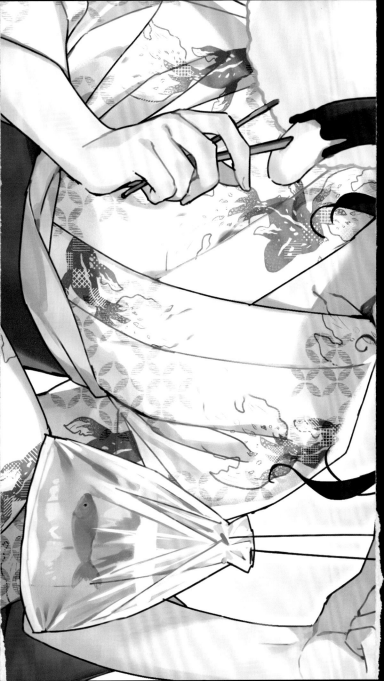

HarukiNKaidou

Sari Murao

프롤로그

사람과 사귄다는 것은 어차피 타산과 기만.

카즈키가 그렇게 생각하게 되어버린 것은 중학교 3학년 때 벌어진 어떤 일이 계기였다.

선천적인 상쾌한 얼굴, 타인의 마음을 기민하게 읽어내는 통찰력, 주변 사람에게 적절히 대응할 수 있는 누나에게 단련된 소통 능력.

그래서 당연하게도 어릴 적부터 카즈키 주변에는 사람이 자연스럽게 모여들었다.

카즈키 본인도 그런 환경이 마음에 들었다. 상대가 기뻐할 일을 하면 모두 미소로 답해주니까.

미소에 둘러싸이면 자신도 미소를 그리게 된다.

그것은 무척 좋은 일이고, 그래서 카즈키는 그런 좋은 일을 하고자 적극적으로 여기저기 손을 뻗었다.

인기 없는 학급 위원에 입후보하고, 용건이 있는 아이 대신에 청소를 맡고, 교내에서 인원이 나가야만 하는 지역 청소 봉사활동에도 얼굴을 비추었다.

그러면 모두가 미소로 기뻐하고 고맙다며 말해준다.

이렇게 미소의 원이 넓어지면 세계는 점점 더 좋아진

다── 그런 어린아이 같은 이야기를 믿어 의심치 않았다.

　──사실은 한 학년 선배 중에 좋아하는 사람이 있거든.

　그래서 중학교 친구 하나가 그렇게 털어놓았을 때도 할 수 있는 일을 했다.

　주눅이 든 그 아이와 선배 사이를 이어주기 위해 함께 말을 건네러 가고, 점심도 함께 먹고, 때로는 방과 후에 놀 때도 부르든지 해서 어떻게든 교류를 깊이 가졌다.

　처음에는 딱딱했던 그녀의 태도도 점점 부드러워졌다. 게다가 무척 올곧은 사람이었으니까 틀림없이 어떤 결말이 되든지 친구의 마음을 받아들여 줄 거라 생각했다. 가능하다면 두 사람이 미소로 지내기를 바랐다.

　하지만 가을도 깊은 어느 날.

　『그렇게 계속, 뒤에서 날 비웃고 있었던 거냐……!』

　원망이 담긴 눈빛으로 친구가 노려봤다.

　『카이도 최악이네, 선배랑 친해지려고…….』

　『저 자식, 누구한테든 실실 웃으니까 말이지.』

　『그렇다고 해서 남의 마음을 갖고 노는 건 아니지─.』

　『듣자 하니 타카쿠라 선배만이 아니라 다른 애한테도──.』

　『아니, 그런 게, 나는…….』

　그만이 아니라 다른 친구도 카즈키를 둘러싸고서 모멸의 시선과 말을 던졌다.

　그것은 카즈키가 태어나서 처음으로 맞닥뜨린 명확한 악의였다. 그저 당황해서 제대로 변명도 하지 못했다.

그들만이 아니라 평소에는 싹싹하게 인사를 나누던 다른 반 아이들도 수상쩍은 눈빛을 보내며 소곤소곤 소문을 떠들 뿐.

그날, 카즈키를 둘러싼 세계가 한순간에 뒤집혔다.

그 후로는 갯벌처럼 들러붙는, 어둠에 갇힌 것 같은 나날이었다.

사정을 잘 모르는 사람들도 주변의 분위기를 파악해서 다가오지 않는다. 남자는 다들 카즈키를 피하는 한편, 꼬드기려 드는 여자도 있다. 참으로 뒤죽박죽이었다.

그리고 이 마당에 이르러서야, 깨달을 수밖에 없게 됐다.

별것 아닌 좋은 일을 하려던 자신은, 그저 **적당히 편리한 사람**일 뿐이었다.

다들 싱글싱글 미소 뒤로 저마다 계산을 하고, 자신의 욕구를 채우기 위해서 이용했을 뿐.

애당초 자기 혼자 설치며 애매하게 이어진 인간관계, 처음부터 외톨이.

이 얼마나 우스꽝스러운가.

얄팍한 스스로를 마주하고 마음이 깎여 나간다.

주위를 둘러봤다.

벤치에서 즐겁게 담소를 나누는 그룹, 남자가 말을 건네자 곤혹스러워 뺨을 물들이면서도 아주 마음이 없지는 않아 보이는 여자, 학생들의 부탁을 받고 입가에 미소를 머금는 평소에는 무서운 교사. 그들도 뒤로 무언가를 다 재고 있을까.

　……사람과 사귄다는 것은 그런 일이었다.

　그렇지 않다면 우정이라든지 인연 같은 환상을 세상에서 이야기로 떠들어대는 것이 설명되지 않는다.

　그래서 이 실패를 발판으로, 고등학교에서는 **제대로 하자.**

　그렇게, 마음속으로 결정했을——　터였다.

하루키는 괜찮은데 말이지

가을도 점차 깊어지며 밤은 의외로 길어졌다.

새벽, 태양이 얼굴을 드러내는 것도 무척 느긋해지고, 차광 커튼 끝에서는 이슬 맺히는 초가을의 여명이 어렴풋이 배어나왔다.

조금 서늘하고 어스름한 하야토의 방에 통, 통, 통 익숙하지 않지만 어딘가 그립게 느껴지는 소리가 울렸다.

"…………응."

그 소리에 의식이 떠오른 하야토는 천천히 몸을 일으키고, 잠기운이 남아 멍한 머리로 주변을 둘러봤다. 책상 위에 있는 자명종 시계는 알람이 울릴 때까지 아직 조금 남은 시간을 가리키고 있어서 미간을 찌푸렸다.

최근에는 밤에 좀처럼 잠들지를 못하고 있다.

그래서 알람이 울릴 때까지 아직은 남은 시간 동안 조금 더 잘까, 아니면 차라리 그냥 일어나버릴까 고민하는데 또다시 통, 통, 통 소리가 문 너머에서 들렸다.

대체 무슨 소리일까?

고개를 갸웃거리며 아직은 멍한 머리 그대로 거실에 얼굴을 내민 뒤, 하야토는 눈을 부릅뜨고서 굳어버렸다.

"아, 하야토 안녕—."

11

"오빠, 안녕히 주무셨나요~."

"하루키…… 그리고 사키?"

어찌 된 영문인지 부엌에는 소꿉친구와 동생 친구의 모습.

익숙한 모습으로 접시를 꺼내는 하루키.

긴 소매 세일러복의 소매를 살짝 걷어 올리고는 도마 위에서 절임을 자르는 사키.

방에는 부드러운 육수 향기가 물씬 감돌았다.

무엇을 하는지는 명백하지만 하야토는 눈을 끔벅거릴 뿐이었다. 그러다 문득 사키가 입고 있는 앞치마를 봤다.

"사키, 그거……."

"아, 오빠 거 빌렸어요. 후후, 저한텐 조금 큰 거 같네요."

그러면서 사키는 그 자리에서 몸을 빙글 돌리고는 수줍게 웃었다.

사키 본인에게 선물 받은 것이라고는 해도 평소 자신이 사용하는 앞치마를 상대가 입고 있으니 묘하게 가슴이 근질근질했다. 그래서 그런 감정을 감추듯 말을 꺼냈다.

"어— 근데 그거, 요새 안 빨았는데……."

"음…… 확실히 조금 땀 냄새가 나네요."

"그렇지?"

"하지만 오빠가 열심히 한 냄새라는 느낌이라, 저는 좋아요."

"윽!"

그러면서 사키는 짓궂은 미소를 짓고 핑크색 혀끝을 날름

내밀었다.

기습이었다.

이제까지 본 적이 없는 사키의 표정에 가슴이 크게 두근 거리고 뺨이 뜨거워졌다. 무언가 말하려고 해도 적절한 말은 나오지 않고, 허둥지둥 입 안으로 "아―"라든지 "어―"라는 모음만 굴릴 뿐.

그리고 그때, 등 뒤에서 아침 식사 냄새에 이끌린 히메코가 나타났다. "흐아~" 하는 커다란 하품에 꼬르륵 소리까지 함께. 잠옷은 자다 깨서 흐트러졌고 머리도 폭발한 것처럼 엉망이라, 헤어스타일도 교복도 제대로 하고 있는 소꿉친구 및 동생 친구와는 대조적인 모습이었다.

"안녕~, 오빠 뭔가 좋은 냄새 나서 배고파…… 아니, 하루랑 사키?!"

점점 눈을 크게 뜬 히메코는 "으갸―!" 하고 소리를 지르며 우당탕탕, 황급히 세면대로 달려갔다. 이어서 부우우우웅― 하는 헤어드라이어 소리가 들렸다.

남겨진 세 사람은 얼굴을 마주 보고 쓴웃음을 흘렸다.

그리고 평소 그대로인 동생의 모습에 어떻게든 컨디션을 되찾은 하야토는 하루키를 빤히 흘겨봤다.

"그래서."

"그래서?"

"하루키, 이건 대체 무슨 일이야. 사키까지 끌어들여서는 뭘 꾸미는 거야?"

"꾸민다니 너무해!"

"그, 그게, 최근에는 좀 여유도 생겼고, 요즘 신세만 졌으니까 서프라이즈로 아침을 만들자고, 하루키 씨가."

하야토가 흘겨보자 하루키는 유감이라는 듯 입술을 삐죽였다.

그런 대화를 본 사키는 쓴웃음 지으며, 조금 부럽다는 감정이 느껴지는 목소리로 거들어주었다.

"그랬구나. 고마워, 사키."

"아, 아뇨…… 게다가 저도, 받는 것보다는 만들어주고 싶다고요?"

"윽?!"

사키가 미소를 짓자 이번에야말로 말문이 막히며 얼굴이 달아오르고 말았다. 그런 하야토에게 하루키가 조금 토라진 듯 말했다.

"잠깐만, 하야토. 나랑 사키랑 반응이 너무 다른 거 아냐?"

"하루키는 어차피 아침을 만들어놓고 깨워본다는 시추에이션을 해보고 싶었을 뿐이라든지, 그런 거잖아."

"들켰어?!"

"그럼 모르겠냐!"

"아, 아하하……."

이제까지와 마찬가지이고, 그러면서도 조금 다른 대화.

그러는 동안에도 아침 식사 준비는 진행되었다.

하야토가 도와주어야 할지 망설이는데, 갑자기 하루키가

환하게 미소를 지었다.

"하야토, 여긴 우리가 알아서 할 테니까 옷부터 갈아입고 올래?"

"……그래, 그럼 감사히."

"그리고 머리카락도. 히메랑 똑같이 엉망이야."

"어?!"

하야토가 퍼뜩 머리를 누르며 방으로 달려갔다.

등 뒤에서 쿡쿡, 흐뭇한 두 목소리가 들렸다.

"와, 굉장해!"

식탁에 펼쳐진 아침 식사를 보고 히메코가 감탄을 터뜨렸다.

밥에 된장국, 연어구이, 간 무, 낫토, 가지와 오이절임, 톳과 콩조림. 보는 것만으로도 상당한 수고가 느껴졌다.

하야토도 한숨을 흘리다가 흐흥, 하고 득의양양한 표정으로 콧김을 내뿜는 하루키와 시선이 마주치고는 황급히 어흠, 헛기침을 했다.

뾰로통하게 미간을 찌푸리는 하루키. 쓴웃음을 흘리는 사키.

그 옆에서 얼른 자리에 앉은 히메코가 몸을 들썩이며 빨리 먹자고 세 사람을 재촉했다.

"""잘 먹겠습니다."""

식탁에 네 목소리가 겹쳤다.

아침은 가벼운 빵을 많이 먹는 키리시마 가에서 이렇게 완전한 일본풍 아침 식사는 보기 드물어서 신선했다. 그리고 하야토에게 누군가가 아침 식사를 만들어준다는 것도 무척 오랜만에 경험하는 일이기도 했다. 감개무량한 눈빛으로 바라보고 있었더니 의문스럽게 생각한 하루키가 말을 건넸다.

"하야토, 안 먹어?"

"윽! 어, 어어 아니 그게…… 응? 된장국에 들어 있는 이건……?"

그릇 안에는 유부 말고도 하얗고 말랑말랑한 것이 떠 있었다. 처음 보는 재료였다. 무심코 고개를 갸웃거렸다.

"수란이에요. 우리 집에서는 항상 넣는데……."

"호오."

"응응, 사키네 집에서도 가끔 먹었어. 노른자를 깰지 한입에 후루룩 먹을지, 고민된단 말이지—."

평소의 우리 집과는 다른 이런 재료가 있으니 더더욱 누군가 만들어 주었다는 감각이 도드라져서 마음을 술렁이게 만들었다. 하지만 결코 싫은 것이 아니라서 젓가락이 움직이는 속도도 평소보다 빨랐다.

그렇게 아침 식사를 하는데 갑자기 맞은편의 히메코가 "와아!" 하고 감탄을 터뜨렸다. 그녀의 시선 끝에는 거실에 켜둔 텔레비전이 있었다.

『뜨거운 계절은 아직 끝나지 않는다! 샤인 스피리츠 시티에서 수영복과 유카타 70% 할인, 올해 마지막 재고정리 세일!』

내레이션과 함께 화면에 나오는 것은 다양한 종류의 수영복이나 유카타를 입은 화려한 소녀들. 그중 한 사람은 기억에 있는 얼굴이었다.

사토 아이리.

최근에 한창 인기인 모델이자 카즈키의 전 여친. 아무래도 텔레비전 광고에까지 출연할 만큼 인기가 있나 보다.

히메코는 눈을 반짝이는 한편, 하야토는 옆쪽에서 어딘가 불온한 분위기가 감도는 것을 느끼고는 겸연쩍은 표정을 지었다.

"저거 봐 사키, 하루! 아이리야, 아이리! 그, 수영복 사러 간 시티 이벤트에서 실제로 본, 그 아이리! 와―, MOMO도 같이 나와!"

"와, 와, 와, 혹시 여름방학 전에 보냈던 그때 사진?! 굉장해~, TV에 나오는 사람이랑 만난 적 있구나!"

"그래그래그래, 앱에서 추첨했는데, 꽝이었거든, 근데 바로 근처에서 봤어! 스타일도 좋고 실물이라…… 아, 저 유카타 하늘하늘 팔랑팔랑해!"

"고스로리 유카타?! 우와, 도시에는 이것저것 많이 있구나~."

"……사키도 의외로 저런 거 어울릴지도?"

"어, 어어어어어~?! 저런 건 모델이니까 어울리는 거야."

"그런가? 하지만 저런 걸 입은 아이리, 실제로 보고 싶어."

"응응. 나도 한 번, 연예인을 실제로 보고 싶어~…… 어, 저 사람……?"

"왜 그래, 사키?"

"아니, 아무것도 아니야."

어찌 된 영문인지 텔레비전을 보며 여우에 홀린 듯한 얼굴로 고개를 갸웃거리는 사키.

그 옆에서 하루키는 조금 기분 나쁜 듯 코웃음을 쳤다.

"그럼 하야토한테 부탁해보지 그래? 왠진 몰라도 저기 나오는 아이리랑 꽤 사이좋던데?"

""…………어?""

"하, 하루키!"

히메코와 사키의 표정이 굳어지고, 기기긱 소리를 내며 텔레비전에서 하야토 쪽으로 시선을 옮겼다. 눈동자에서는 홍채가 사라지고, 벌어진 동공은 나락처럼 검었다. 등줄기에 오싹하니 서늘한 무언가가 지나가는 것을 느꼈다.

하지만 옆의 하루키는 알 바 아니라는 듯, 뾰로통하게 시선을 홱 돌리며 밥을 휘젓고 입술을 삐죽일 뿐.

"오빠! 아이리랑, 모델이랑 어떻게, 언제 알게 된 거야?!"

"오, 오, 오, 오, 오빠?!"

"아, 아니, 아는 사이가 아니고, 친구의 지인인 먼 관계 같은 건데……."

"흐―응. 친구의 지인일 뿐인 여자애랑, 수영복 차림으로 끌어안는구나?"

""끄, 끌어안았다고?!""

"그, 그건 그 사람이 수영장 옆에서 발이 미끄러졌을 뿐이라고!"

"오빠, 그 이야기 좀 자세히 해봐."

"오빠, 뭔가 나쁜 짓이라든지 남한테는 말하지 못할 법한 일 저지른 건 아니죠?!"

"히메코?! 사키?!"

"흐—응."

젓가락을 놓은 동생과 동생 친구의 힐문에 하야토는 좀 봐달라며 허둥지둥, 황급히 남은 밥을 쓸어 넣고 일어섰다.

"아, 도망쳤어!"

"도시의 유혹, 허니 트랩…….""

"아, 잠깐 기다리라니까—!"

여러 목소리를 뒤로하고 방으로 돌아가서 가방을 붙잡았다.

현관에서 신발을 신는 사이, 이윽고 타박타박 발소리 셋이 다가왔다.

"정말—, 오빠도 참!"

"……으음, 콜록. 하야토가 서두르니까 목에 걸렸다고!"

"저기 그게, 설거지는…….""

"예예. 아, 설거지는 학교 갔다 와서 해둘게."

다들 한창 놀고 있다가 장난감을 빼앗긴 것처럼 불만스러운 얼굴.

하야토가 머리를 긁적이고는 문을 열자, 한순간 눈앞이 새하얘질 정도로 아직 뜨거운 햇살이 쏟아졌다.

무심코 이마에 손을 대어 양산을 만들고 눈매를 가늘게 떴다.

스마트폰을 봤더니 평소와 같이 집을 나설 시간.

태양은 이사 왔을 때보다도 조금 낮은 위치에서, 그 무렵보다도 부드럽게 빛나고 있었다.

하늘에는 구름이 스르륵 모래처럼 흘러간다.

통학로로, 학교로 향하며 대화로 꽃을 피운다.

"그러고 보니 학교에서 들었는데, 이 부근에서 가을 축제를 크게 연다고 해요."

"여기서 전철로 두 역 정도 떨어진 곳에 큰 신사가 있어서, 매년 이 시기에 한대. 노점이라든지 잔뜩 나오고, 불꽃놀이도 한다는데."

"와, 와. 노점이라면 만화 같은 데서 자주 본, 오코노미야키라든지 사과 사탕이라든지 베이비 카스테라라든지 그거 말인가요?!"

"그래그래, 그런 느낌. 엄청나다는 모양이야―."

"아니, 하루키. 아까부터 계속 전해 들었다는 식인데, 가 본 적 없어?"

"……후후."

"아, 미안."

"잠깐만, 거기서 사과하면 오히려 상처받는데!"

"아하하, 오빠……."

화제는 조금 전 광고를 계기로 해서, 가을 축제에 대한 이야기.

그때까지 턱에 손을 대고서 생각에 잠겨 있던 히메코가 "으―음" 하고 신음을 흘렸다.

"역시 그런 축제라면, 유카타 입고 가야겠지―."

"응응, 얼마 없는 기회니까. 츠키노세 축제에선 유카타를 입을 일도 없었고! 무녀 옷은 입어 봤지만!"

"어, 하루도 참, 언제?!"

"그때 사진도 찍었어요~, 다음에 히메 폰으로 보낼게. 그러고 보니 나도 유타카는 입어본 적 없네."

"그래? 사키는 항상 무녀 옷이니까 엄청 일본풍이라는 이미지인데."

"아하하, 저쪽에서는 입을 기회가……."

"아, 그러고 보니 그랬지……."

"그래서 하루, 가을 축제는 언제 하는데?!"

"으―음, 이번 달 23일. 매년 추분에 해."

"다음 주잖아! 있지있지, 그럼 이번 주말에 유카타 보러 가자!"

"알바 스케줄이 어땠더라…… 시프트 확인해야겠네."

"알바 하니까, 요전에 갔을 때 하루키 씨는 없었죠."

"그래그래, 거기 제복 보러 갔는데, 오빠랑 남자들밖에 없었으니까! 아, 그러고 보니 메뉴가 가을용으로 바뀐다는 예고가 있었지?!"

"그러고 보니 밤이랑 호박이랑 고구마 같은 게 들어왔을지도."

"와, 와, 와, 어떨지 신경 쓰여~."

여자 셋이 모이면 접시가 깨진다, 라는 말이 있었던가. 화제가 이리저리 바뀌며 점점 흥이 올랐다.

전날 산 옷이 어떻다든지, 가구랑 DIY 시트가 어떻다든지, 화장이나 소품이 어떻다든지. 전부 하야토가 끼기는 힘든 화제뿐. 역시나 이야기를 따라가지 못한 하야토는 살짝 어깨를 움츠리며 한숨을 내쉬었다. 그리고 한 걸음 물러나서 그녀들을 바라봤다.

싹싹한 표정으로 화제를 제공하는 하루키랑 쿡쿡 조심스럽게 한 걸음 물러나서 지켜보는 사키. 그리고 잔뜩 떠들고 있는 히메코. 틀림없이 어디에나 있을 법한, **여자들**의 그룹.

사키를 흘긋 봤더니 평소와 마찬가지로 생글생글 미소를 짓고 있는데도 어째선지 가슴이 술렁였다. 자연스럽게 손을—— 그날 사키와 맞잡은 손바닥을 쳐다보고——.

"오빠?"

"어?!"

갑자기 사키가 하야토의 얼굴을 아래쪽에서 들여다봤다. 가슴이 크게 두근거리고, 무심코 몸을 잔뜩 젖혔다.

그런 하야토의 반응이 우스웠는지, 사키는 장난에 성공했다는 듯 쿡쿡 웃었다.

"어, 왜—……?"

"유카타, 어떤 게 좋을까 해서요. 그, 남자의 의견으로요."

"어, 유카타 말이지…… 애당초 어떤 게 있는지도 모르니까……."

"자자, 사키. 오빠는 어차피 이래서 참고가 안 된다니까."

"오히려 여자들의 그런 쪽을 잘 아는 하야토라니, 상상이 안 되는걸."

""그러게—!""

옆에서 끼어든 히메코와 하루키가 도발하듯 동조했다.

아무래도 한 바퀴 돌아서 다시 유카타 화제로 돌아왔나 보다.

이윽고 그러는 사이에, 각자의 학교로 이어지는 갈림길에 접어들었다.

"그럼 오빠, 우리는 이쪽이니까."

"수업 마치고 또 실례할게요."

"나중에 봐, 히메, 사키."

"아, 이따 봐."

팔랑 손을 흔들고 고등학교로 걸음을 향했을 때, 누군가 옷자락을 꾹 잡아당겼다. 무슨 일인가 싶어서 그쪽을 쳐다봤더니 사키가 살며시 귓속말했다.

"오빠가 귀엽다고 생각할 유카타, 고를게요."

"흑?!"

예상 밖의 선언에 하야토의 의식이 날아가고 한순간 머리가 새하얘져 버렸다. 가슴속엔 두근거림조차 넘어선 무언가가 느껴졌다.

사키는 그렇게만 말하고 총총히 히메코를 뒤쫓았다.

흘끗 보인 사키의 귀는 더없이 새빨갰다. 그것이 하야토의 고동을 더더욱 빠르게 만들어버렸다.

오늘은 아침부터 사키 탓에 감정이 이리저리 어지러워지기만 한다.

"하야토?"

"흑! 어어, 지금 갈게."

잠시 멍하니 서 있었더니 의아하게 여긴 하루키가 말을 건넸다. 정신을 차린 하야토는 황급히 따라가서 나란히 섰다.

그러자 하야토의 얼굴을 보고 눈을 끔벅거린 하루키는 흐—응, 하고 무언가 의미심장한 미소를 지었다.

"얼굴 엄청 빨간데, 하야토? 뭐야, 혹시 사키가 오늘 속옷 색깔을 맞춰보라는 문제라도 냈어?"

"야, 그럴 리가 없잖아!"

"『정답은 방과 후, 제 방에서 맞춰볼까요? 오늘, 아무도 없거든요…….』"

"그야 자취하니까 아무도 없겠지, 미묘하게 그럴듯하니까 그만해!"

"후히히."

하루키가 놀리자 목소리가 거칠어지는 하야토.

그리고 하루키는 빙그레 표정을 만들며 교태를 부렸다.

"참고로 오늘 내 색깔은 있지——."

하루키는 스슥, 요염한 손놀림으로 치맛자락을 붙잡고 들어 올렸다. 몹시 요염했다.

당연히 통학로를 오가는 사람들의 시선을 모으고 만다.

하야토는 황급히 그들로부터 하루키를 가리듯이 서고, 치맛자락을 든 하루키의 손을 붙잡고는 조금 당황한 목소리로 타일렀다.

"야, 칠칠치 못한 짓 좀 그만해."

그러면서 하야토가 주위로 시선을 보내자 길을 가는 사람들이 겸연쩍은 듯 눈길을 피했다.

"아핫, 정말로 보여주진 않는다니까."

"그게 아니라⋯⋯ 나 참, 좀 더 자기가 예쁘다는 자각을 가지고, 밖에서 그런 경솔한 행동 좀 그만하라니까."

"호, 호오⋯⋯ 하야토는 날 여자애로 보고 있구나?"

"당연하잖아, 아주 싫을 정도로 느꼈다고."

"어?!"

갑자기 직접 몸이 닿을 때와, 가끔씩 보여주는 귀여운 미소, 그런 그녀에게 모이는 주변의 시선. 그리고 여기저기서 드러낸, 사람들을 끌어들이는 매력. 다시 만난 뒤로 얼마나 통감했던가.

그런 생각을 하며, 눈을 끔벅거리는 하루키를 빤히 바라보고 어이없다는 한숨을 한 번 쉬었다.

"자, 빨리 가자."

"으, 응."

그리고 조금 앞서 걷는 하야토는, 조금 전에 순간적으로 움켜쥔 손을 보고 미간을 찌푸렸다.

부드럽고 손바닥에 폭 들어갈 법한, 사키와 같은 여자아이의 손이었다.

그렇다, 하루키는 여자아이다.

하지만 사키와 달리, 신기하게도 마음을 마구 휘젓는 기척은 없었다.

그래서 무심코 그 사실이 말로 바뀌어 흘러나왔다.

"……하루키는 괜찮은데 말이지."

"응? 뭐라고 했어?"

"딱히."

"흐응?"

하야토는 무어라 표현할 수 없는, 애매한 웃음을 흘렸다.

교문을 지나, 운동장에서 아침 훈련을 하는 운동부에게 시선을 향하며 학교 뒤뜰에 있는 원예부 화단으로 향했다.

그곳에는 애호박이나 토마토 같은 여름채소를 뽑아낸 공간을 향해 짐수레로 무언가를 나르는 미나모의 모습이 있었다.

"안녕―, 미나모! 도와줄게, 근데 뭘 하려는 거야?"

"안녕하세요, 하루키 씨, 하야토 씨. 어어, 다음에 심을 거 준비를 할까 해서요."

"준비? 땅 갈아놓게?"

"흙 재생이네. 여름채소들이 거기 흙 속의 영양분을 전부 먹어 버렸으니까."

"아, 그렇구나. 다음에 심을 아이를 위해서 밥을 준비한 다는 느낌?"

"퇴비도 필요하겠네. 가져올게. 항상 두는 거기 있지?"

"예, 거기에 가져온 마그네시아 석회가 있으니까요."

그리고 준비한 마그네시아 석회를 잘 뿌리고, 각자 손에 든 삽으로 뒤섞었다.

하야토가 이렇게 하면 된다며 각진 삽으로 퍼 올린 흙을 자루 부분을 축으로 회전시키듯이 흔들었다. 그러자 석회 가 차라락 흘러서 지면에 골고루 떨어졌다.

하루키와 미나모도 그것을 따라 삽을 사용하니, 차원이 다르게 효율이 좋아서 그야말로 개안한 기분이었다.

범위가 그다지 넓지 않아 셋이 분담해서 했더니 금세 끝 났다.

하야토는 도구를 정리하며 문득 떠오른 것을 물어봤다.

"그러고 보니 미나모, 근처에서 큰 가을 축제가 있다던데?"

"그런가 봐요. 우리 반에서도 자주 얘기가 나오니까요."

"어…… 혹시 미나모도 가본 적 없어?"

의외라는 표정으로 눈을 끔벅거리는 하루키.

미나모는 곤란하다는 듯 미간을 찌푸리고, 검지를 손에 대고서 으─응 신음했다.

그리고 하루키와 하야토의 얼굴을 보고는 부드럽게 미소를 지으며 조금 부끄러운 듯 말을 흘렸다.

"그게, 할아버지네 집에서 살기 시작한 건 고등학교에 들어온 뒤라서…… 그때까지는 다른 곳에 살았거든요."

"아, 그랬구나."

"이제까지 여름방학이나 정월에는 할아버지네 집에 오긴 했지만, 가을 축제 땐 학교에 가야 하니까……."

"그런가…… 그럼 미나모도 가을 축제, 같이 안 갈래?"

"뭐, 우리 동생이라든지도 있지만."

"와아!"

하루키의 제안에 미나모는 환한 표정을 지으며 가슴 앞으로 작게 손뼉을 쳤다.

하지만 금세 "아"라고 무언가가 떠올랐는지 미안한 듯 표정이 흐려졌다.

"가을 축제는 추분이죠? 미안해요, 그날은 할아버지 퇴원이랑 겹쳐서……."

어깨를 잔뜩 움츠리는 미나모.

하지만 하야토와 하루키는 서로 얼굴을 마주 보고 싱글벙글했다.

"와, 퇴원 정해졌구나! 축하해!"

"잘됐네, 미나모!"

"하루키 씨, 하야토 씨……!"

친구 둘의 축복에 미나모도 이끌리듯 얼굴이 환해져서 미소 지었다.

그리고 입술을 살짝 삐죽이는가 싶더니 불평을 흘렸다.

"하지만 있죠, 곤란한 것도 있어요. 최근에 할아버지, 같은 병원에 사쿠라지마 키요타츠가 입원했다는 걸 듣고는 한번 볼 때까지 퇴원하질 않겠다고 그래서."

"엄청난 대배우니까 말이지. 어머니도 사키—— 동생 친구랑 그 이야기 엄청 했어."

"아하하, 그 세대에는 모르는 사람이 없을 정도로 인기였다고 하니까. ……다만 하야토는 존재 자체를 모르던 것 같던데."

"야, 지금 그 정보가 필요해?!"

"후훗."

미나모의 웃음에 얼굴을 물들이는 하야토.

그리고 하루키는 빙긋이 입가를 초승달 모양으로 만들고 놀리는 말을 건넸다.

"하지만 안타깝구나, 하야토. 유카타 입은 미나모를 볼 수가 없어서."

"응, 같이 못 가는 건 아쉽네."

"그치, 미나모는 이렇게 훌륭한 걸 갖고 있으니까, 이렇게 띠 위로 얹은 모습이라든지."

"야?!" "삐얏?!"

그러면서 하루키가 가슴 앞에 산을 만들고 니히히 웃자, 미나모는 얼굴을 붉히며 가슴께를 가렸다.

"그, 그렇게 되지 않도록 꽉 조여 매니까요……!"

"그렇대, 하야토."

"거기에 무슨 말을 어떻게 하라는 거야……."

하야토가 그 모습을 상상하고 부끄러운 듯 머리를 긁적이자, 하루키는 "하야토, 야하긴" 하더니 토라진 듯 혀를 날름 내밀었다.

엇갈리는 부분

미나모와 헤어져서 교실로.

교실에서는 친구들끼리 대화를 나누거나, 허겁지겁 숙제 노트를 베끼거나, 스마트폰을 응시하며 투덜거리거나, 평소처럼 시끌벅적했다.

하지만 안으로 들어선 순간, 살짝 위화감을 느꼈다.

표면상으로는 평소 그대로인데 어딘가 삐걱대는 분위기가 흐르는 것 같았다. 하지만 그것이 무엇인지는 알 수 없었다.

하루키도 이변을 느꼈는지 미간을 찌푸렸다.

"하루키?"

"……응—?"

말을 걸어봤지만 전혀 짐작이 안 가서 고개를 갸웃거릴 뿐. 하루키도 알 수가 없는 모양이었다.

묘하게 걸리는 기분으로 하야토는 가방을 놓고, 웬일인지 자기 자리에서 혼자 머~엉하니 있는 이오리에게 말을 걸었다.

"안녕, 이오리."

"어! 어, 어어, 하야토냐……."

이오리는 어깨를 움찔거리며 돌아보고, 그리고 하야토의

모습을 확인하고 한숨을 흘렸다. 무언가 이상한 그 반응에
미간을 찌푸렸다.

"……무슨 일 있었어?"

"어—……."

이오리도 자신의 반응이 이상한 건 알고 있겠지. 얼버무
리려 들진 않았지만 아무래도 말이 흐려졌다.

하야토는 참으로 종잡을 수 없는 친구의 반응에 무슨 일
이냐며 물어보는 시선을 주위로 던졌지만, 시선이 마주친
반 아이들은 어깨를 으쓱일 뿐. 그들도 상황을 파악하지 못
한 모양이었다.

그렇게 하야토가 미간을 찌푸리고 있었더니 이오리는 무어
라 말할 수 없는 한숨을 내쉬고 어떤 장소로 시선을 향했다.

그러자 그곳에는 이사미 에마의 모습이 있었다.

이쪽의 시선을 깨달은 그녀는 황급히, 그리고 명백하게
거북한 듯 고개를 돌렸다.

아무래도 이 두 사람한테 무슨 일이 있었나 보다.

하지만 무슨 일이 있었는지는 알 수 없었다.

하루키와 시선이 마주쳤지만 가볍게 고개를 가로저을 뿐
이었다.

수업 중.

칠판에 분필 소리를 울리는 교사의 뒷모습을 살피며 하야
토와 하루키는 노트 조각을 서로 날리고 있었다.

《하루키도 전혀 모르겠다는 거구나.》

《응. 몇 명은 짚이는 게 있는 모양인데, 이사미가 거북한 표정이라 이야기하는 것도 주저하게 되는 모양이라…….》

《뭐, 나도 이오리가 저러니 아무것도 못 들었으니까…….》

""하아……"" 하고 작은 두 한숨이 겹쳐졌다.

아무래도 이오리와 여자친구인 이사미 에마 사이에 무슨 일이 있었나 보다.

지금도 수업 중임에도 불구하고 이오리와 이사미 에마는 서로에게 흘끗흘끗 시선을 향하며, 눈이 마주치면 거북한 분위기를 자아내고는 명백하게 눈을 피했다.

교우관계가 넓고 밝으면서 싹싹한 이오리는 반의 무드 메이커다.

이사미 에마도 운동부 여자들의 리더 격이라서 리더십을 발휘하고 있다.

두 사람 모두 반의 중심인물 중 하나라고 할 수 있을 것이다.

그래서 그런 두 사람이 삐걱대니 다른 반 아이들에게도 전파되어 불편한 분위기였다. 교사도 묘하게 무거운 그 분위기를 느꼈는지 오늘은 유독 칠판 필기가 많았다.

하야토도 하루키도, 두 사람을 어떻게든 해주고 싶다는 기분이 있었다.

하지만 쉬는 시간이 될 때마다 넌지시 두 사람이나 주변을 슬며시 떠봐도 결과는 그리 좋지 않았다.

《근데 하야토, 말을 거는 건 좋은데 『역시 빠른 조리엔 채 썰어서 냉동해둔 양파가 필수지』는 좀 아니잖아? 이해하는 사람이 없다고.》

《시끄러! 하루키도 화제가 없다고 『요전에 모바일 게임 최애캐가――』라고 열변을 토했잖아? 지금 말해두겠는데 요새 그 오타쿠 취미 애들한테 다 들켰거든?》

"――――웃?!"

하루키는 하야토가 던진 그 메모에 놀라서 목소리를 높이려다가 황급히 크게 숨을 삼켰다. 당연히 그 모습은 교사에게도 전해졌다.

"무슨 일이냐―, 니카이도―?"

"예?! 어, 아니, 그게…… 거기 close to you 말인데요, 『곁에 있고 싶어』보단 전후의 문맥을 보면 『만나고 싶어』라고 번역하는 편이 심경을 더 잘 드러낼 것 같아서……."

"호오―, 니카이도는 꽤나 로맨틱하구나―. 확실히 여긴――."

순간적인 변명이 제대로 통해서 휴우, 안도의 한숨을 내쉬는 하루키.

하야토가 우습다는 듯 어깨를 들썩이니 하루키는 빤히 흘겨보며 지우개를 잘게 뜯어서 이마를 향해 던졌다.

점심시간이 되자 종소리와 함께 학교 전체가 단숨에 술렁였다.

하야토의 교실도 예외가 아니라서 점심의 소란으로 뒤덮였다.

하지만 이오리와 이사미 에마는 수업이 끝났음에도 불구하고 느릿느릿 교재를 정리해서 가방이나 책상에 정리하는 모습을 보였다. 마치 서로를 살피는 듯했다.

그 탓인지 평소보다 교실을 나가는 사람도 많았다. 마치 성가신 일에서 도망치는 듯했다.

두 사람을 어떻게든 하고 싶다는 기분은 있지만, 결국 수업 중의 메모지를 통한 작전회의에서는 딱히 묘안은 떠오르지 않았다.

하루키와 얼굴을 마주 보고 곤란하다는 표정을 맞대고 있었더니, "안녕" 하는 밝은 목소리가 날아들었다.

"카즈키."

"카이도……."

하루키와 함께 시선을 향했더니 카즈키가 싱긋 웃으며 손을 흔들고 있었다.

"같이 점심 먹으러 가려고 왔는데…… 어어……?"

"아—……."

무어라 설명해야 할까.

하야토도 원인을 잘 모른다.

하지만 카즈키는 이오리, 그리고 이사미 에마에게 시선을 향하고 "아아"라며 쓴웃음을 한 번. 엄지를 턱에 대고서 으—응 하고 신음하더니, 짓궂은 장난이 떠올랐다는 미소를 짓고 이오리 곁으로 향했다.

"이오리 군, 지금부터 역 맞은편에 있는 라멘집 갈까!"

"허?" "어?" "카즈키……?"

그리고 터무니없는 말을 꺼냈다. 이오리만이 아니라 하야
토도 하루키도 어안이 벙벙한 목소리를 흘렸다.

카즈키는 계속 말했다.

"지금부터 뛰어가야 아슬아슬한가……. 아, 선생님한테
안 들키게 뒤쪽으로 나가면 멀리 돌아가게 된단 말이지. 그
러니까, 자자!"

"아, 어, 야……?!"

"하야토 군도 얼른!"

"난 도시락―― 아― 젠장, 기다리라고!"

그러면서 카즈키는 억지로 이오리의 손을 붙잡고 달려나
갔다.

하야토는 가방 안의 도시락으로 시선을 떨어뜨리고 잠시
고민했지만, 머리를 긁적이며 지갑만 들고 두 사람을 뒤쫓
았다.

떠날 때 하루키와 눈이 마주쳤다.

놀라서 바라보는 이사미 에마 쪽으로 시선을 흘끗 보내
고, 그쪽은 맡기겠다며 한 손을 들고 떠났다.

몸을 일으키려던 하루키는 "아!" 하고 불만이 밴 목소리
를 흘렸지만 하아, 한숨을 한 번. 생각을 바꾸어서 이사미
에마 곁으로 갔다.

"이사미 씨, 점심은 여기서 저랑 같이 먹을까요?"

"어, 어어, 응⋯⋯."

하루키의 의도는 이사미 에마에게 올바르게 전해졌을 것이다. 지금 상황을 이해하지 못할 그녀가 아니었다.

하지만 이사미 에마는 교실을 둘러보고, 그리고 이오리가 떠난 방향을 바라보고, 도무지 결정을 내리지 못하는 표정이었다. 아무래도 남들에게는 그다지 들려주고 싶지 않은 내용인 듯했다.

하루키는 잠시 고민한 뒤 살짝 망설이며 말했다.

"⋯⋯사실은 이사미 씨가 와줬으면 하는 곳이 있어요."

하야토 일행이 학교 뒷문으로 빠져나가서 달리기를 10분 남짓.

가장 가까운 역의 평소에 이용하는 개찰구 반대편에 있는 상가 1층에, 목표인 라멘집이 있었다.

점심시간이라서 그런지 앞에 몇 명이 줄을 서 있어서 시간이 걱정되었지만, 회전은 빠른지 이윽고 가게 안으로.

평일 점심이라면 카운터석뿐인 가게 안에 교복 차림은 셋밖에 없었다.

카즈키의 기세에 넘어가는 모양새로 왔지만, 애당초 점심시간에 학교를 빠져나오는 것은 교칙 위반이다.

혹시 가게 쪽에서 학교에 연락한다면── 그런 생각에 조마조마하고 있었더니 카즈키가 조금 들뜬 목소리로 말했다.

"괜찮아, 하야토 군. 운동부 쪽이라면 점심시간에 빠져나와서, 여기서 점심을 먹는 게 일종의 전통 같은 거라 그러니까. 뭐, 나도 오는 건 오늘이 처음이지만."

"호오, 그렇구나."

가게 사장님도 이쪽을 향해, 다 안다고 그러듯이 장난기 어린 윙크를 보냈다.

그리고 나온 라멘은 곱빼기 서비스가 되어 있었다. 아무래도 그들 같은 학생을 상대하는 것도 익숙해 보였다.

기꺼이 호의를 받들어, 잘 먹겠다며 손을 맞대고 한 입.

그러자 해산물 향기가 물씬 풍기며 단숨에 코를 지나갔다.

"! 이건…… 멸치?"

"그래그래, 계절에 따라서 사용하는 종류도 바꾼다더라."

"호오."

그렇구나, 열심히 생각하는구나 했다. 이러면 계절이 바뀔 때마다 어떤 맛이 될지 신경이 쓰여서 다니는 사람도 있을 것이다.

그리고 잠시 먹는 것에 몰두했다. 친구들과 학교를 빠져나와서 먹는 라멘은 비일상이라는 스파이스가 더해지기도 해서 무척 맛있었다.

이윽고 면이 반 이상 사라졌을 무렵, 문득 카즈키가 이오리에게 이야기를 돌렸다.

"그래서 이오리 군, 이사미랑 무슨 일 있었어?"

"푸헉! 콜록, 콜록……."

"……자 이오리, 물."

"꿀꺽, 꿀꺽……."

카즈키의 스트레이트한 말에 그만 목이 막힌 이오리.

하야토가 옆에서 물이 든 컵을 건네자 단숨에 들이키고 후우, 크게 숨을 내쉬었다. 그리고 카즈키를 째려봤다. 카즈키는 미안하다는 듯 가볍게 양손을 들었다.

마주 보기를 잠시.

탐색하듯 이오리를 보던 카즈키는 이윽고 곤란하다는 듯이 약한 소리를 흘렸다.

"으─음, 혹시 과한 참견이었을까……?"

"아─……."

그러자 이오리는 또다시 말문이 막히고 표정이 확 일그러졌다. 꽤나 말하기 힘든 일인 듯했다. 카즈키도 그런 이오리의 표정을 보고 떨떠름한 표정을 짓더니 그 이상 파고들지는 않았다.

조금 무거운 분위기가 감돌았다.

도시로 올 때까지 또래와의 관계가 희박했던 하야토는 더더욱 이럴 때 무슨 말을 하면 좋을지 알 수 없었다.

하지만 이오리가 고민하고 있는 것은 확실했다.

그리고 문득 전날 병원에서 어머니에게 솔직한 말을 털어놓았던 것을 떠올렸다.

가슴속에 생겨난 수많은 것을 남은 라멘과 함께 단번에 삼키고, 이오리를 돌아봤다.

"그, 곤란한 일 있으면 말해줘. 이오리가 이러면 나도 기분이 그렇고, 일단 친구의 힘이 되어주고 싶거든."

"하야토……."

"하야토 군……."

그렇게 말하고는 조금 촌스러웠을까 싶어 부끄러워져 머리를 긁적였다.

이오리의 사정은 모른다.

하지만 이 마음은 제대로 전하고 싶었다.

이오리는 놀라서 눈빛이 흔들렸다.

이윽고 이오리는 "아, 진짜!" 하면서 남은 라멘을 국물까지 비우고, 기세 좋게 그릇을 탁 테이블에 놓았다. 그리고 "후우" 커다란 한숨을 한 번. 더듬더듬 말을 골라서 꺼냈다.

"그게, 에마 말인데, 여름방학 중에 남자 농구부 선배한테 고백을 받았대."

"'어?!'"

이오리의 입에서 나온 예상 밖의 말에 하야토도 카즈키도 표정이 얼어붙었다.

한순간 수라장을 방불케 하는 이런저런 생각이 뇌리를 스쳤지만, 이오리가 당황한 기색으로 그것들을 지우듯 말을 얹었다.

"아니, 고백 자체는 바로 거절하고, 그리고 그 선배랑 이렇다 할 일은 없었어. 다만 내가 그걸 알게 된 게 어제라서 말이지……."

"어제, 여름방학…… 아, 비밀로 하고 있던 건가."

이오리는 어딘가 석연치 않은 표정으로, 조금 토라진 듯한 목소리로 말을 이었다.

"그런 거야. 이미 끝난 일 가지고 속 좁은 녀석으로 여겨질지도 모르지만…… 예를 들자면 말인데, 혹시 니카이도가 누군가에게 고백을 받았다 치고, 그걸 계속 옆에 있으면서도 감추고 있었다면 어떻게 생각하겠어?"

"그건……."

상상력을 발휘해봤다.

겉보기에 하루키는 청순가련, 더없이 단아한 미소녀다. 당연히 인기 있겠지만 이제까지 주위로부터 거리를 두기도 해서 그런 쪽의 이야기는 없다. 그야말로 절벽 위의 꽃. 이전에 카즈키가 건넨 거짓 고백 당시의 모습을 다시금 생각하면, 그런 일에 대한 내성은 없을 것이다.

만약 누군가에게 고백을 받는다면, 하루키는 지독히 동요해서 얼빠진 행동을 하겠지. 그건 간단히 상상할 수 있었다.

그것은 평소 하야토 앞에서만 보여주는 완전히 본성이 드러난 모습이라, 그것을 본 상대는── 거기까지 생각한 참에, 가슴을 질척거리는 질투와 독점욕이 섞인 추악한 감정이 덮쳐서 얼굴을 잔뜩 일그러뜨리고 말았다.

그런 하야토를 본 이오리는 "그렇지?"라며 쓴웃음.

얼굴에 감정이 드러났다는 자각이 있는 하야토는 겸연쩍은 표정으로 시선을 피했다.

그리고 이오리가 하루키를 자신의 여자친구 취급했다는 사실을 깨닫고 황급히 변명하듯 말을 꺼냈다.

　"딱히 하루키랑 그런 사이는 아니지만, 뭐, 확실히 그런 중요한 일을 감추고 있었다면 기분이 좋진 않겠네."

　"그러니까…… 소꿉친구에다 여자친구, 에마하고는 자잘한 일이라도 뭐든 서로 이야기하는 사이라고 생각했는데 말이지……."

　"아……."

　이오리의 말에 깊은 동의를 표했다.

　말하기 힘든 일이란 반드시 있다.

　7년이라는 공백 사이, 하루키와도 그런 것들이 생기고 말았다. 하지만 재회해서 과거와 마찬가지로 우애를 다지고, 그리고 눈앞의 이오리나 카즈키 같은 친구들에게는 쉽사리 말할 수 없을 법한 비밀도 듣고 있다.

　그렇기에 이오리의 기분을 잘 알 수 있어서 ""하아"" 하고 한숨이 겹쳐졌다.

　결국에 여기서도 상황을 타개할 좋은 방안은 나오지 않았다.

◇ ◇ ◇

　점심시간의 소란도 멀리, 인기척도 없이 반쯤 자재 창고가 된 구 교사.

하루키는 얼굴에 살짝 부담을 드리우고서 이사미 에마와 함께 복도를 걷고 있었다.

이윽고 어느 방 앞에 멈춰 섰다.

그곳은 원래 하루키가 홀로 시간을 보내려는 피난 장소, 지금은 원래의 자신을 드러낼 수 있는, 하야토와 단둘만의 비밀기지.

누구에게도 이야기가 새어나가지 않을 장소로 떠오른 곳이 여기였다.

하지만 이사미 에마를 이 장소로 들이는 것에 망설임이 없을 리가 없었다. 문으로 뻗으려던 오른손이 멈칫했다.

애당초 스스로 다른 사람들과 어울리는 것을 피했던 하루키도 자기가 서투른 짓을 한다는 건 알고 있었다. 이런 참견은 자신에게 맞지도 않고, 무슨 이야기를 하면 좋을지도 알 수 없었다.

이사미 에마의 안색을 살피듯이 돌아보고── 숨을 삼켰다.

평소의 밝은 모습과 달리 힘없이 축 늘어뜨리고 당장에라도 울음을 터뜨릴 것 같은, 마치 미아 같은 얼굴이 어째선지 어릴 적의 자신과 겹쳐 보였다.

그리고 뇌리를 스치는 것은 과거의 **하야토**. 그의 미소가 금세 안개처럼 가슴에 감돌던 주저를 날려버렸다.

이럴 때, 하야토라면 틀림없이── 하루키는 그녀의 손을 기세 좋게 잡아당겨서 비밀기지로 불러들였다.

"아! 니카이도, 여긴……?"

"어서 와, 우리의 비밀기지에!"

"비밀기지……?"

눈을 끔벅거리는 이사미 에마에게 하루키는 니히히 장난이 성공했다는 듯한 미소를 건넸다.

"그래그래, 입학한 뒤에 소란스러운 게 싫어서 혼자 있으려고 만든 피난 장소."

"아—……."

당시의 상황을 다시금 떠올리고는 납득했다는 목소리를 흘리는 이사미 에마. 그리고 방을 둘러보고 조금 조심스럽게 입을 열었다.

"하지만 내가 여기에 와도 되는 거야? 여긴……."

이사미 에마의 시선은 살풍경한 방에 두 개뿐인 쿠션을 향하고 있었다. 한쪽이 누구 물건인지 단번에 알아차렸을 것이다. 이곳이 한정된 사람과의 소중한 장소라는 것은 그녀도 쉽게 상상이 갔다.

하지만 하루키에게 눈앞의 소녀는 이미 부 활동을 도와주고 체육 시간이나 실험 시간에 그룹을 만들어 주고, 학교 이외에도 알바에 놀이 등 많은 도움을 주는 고등학교 생활에서 이미 빼놓을 수 없는 소중한 존재였다.

그래서 하루키는 그녀의 눈을 가만히 응시하고 가슴속의 생각을 흘렸다.

"당연하지. 이사미—— **에마**는 친구, 잖아?"

"니카이도—— 아니, **하루키**……."

하루키의 그 말에 에마는 눈을 크게 뜨고, 그리고 서로 얼굴을 마주 보며 쿡쿡 함께 웃었다.

그리고 하루키는 "웃차" 하며 기세 좋게 쿠션 위에 책상다리로 앉았다. 에마는 교실에서 드러내지 않는 그런 거리낌 없는 하루키의 모습에 쓴웃음을 흘렸다.

하루키가 비어 있는 쿠션에 앉지 그래? 라고 고개를 갸웃거리자, 에마는 무언가 체념한 듯 후우 한숨을 한 번.

옆에 앉아서 자세를 바로 하고, 더듬더듬 말을 곱씹듯이 털어놓았다.

"……사실은 여름방학 연습 때, 농구부 선배한테 고백을 받았어."

"에엑."

"무, 물론 바로 이오리랑 사귄다면서 거절했다고? 그 후로 그 선배랑 아무 일도 없었고. 하지만 그걸 계속 말할 수가 없었는데, 어제 이오리가 알게 되는 바람에……."

"그건……."

에마는 "분위기가 어색한 건 내 잘못이야"라고 말하더니 자조했다. 하루키로서는 반응하기 힘든 이야기였다.

"……."

"……."

잠시 침묵이 방을 지배했다.

무어라 말할 수 없는 분위기 가운데, 이윽고 에마는 툭하니 말을 흘렸다.

"……나 있지, 사실은 중학교 3학년 무렵에 고립되어 있었어."

"어?"

갑작스럽게 나온 무거운 비밀 고백에 어리둥절한 목소리를 흘리고 눈을 끔벅거렸다. 항상 반에서 중심이 되는 그녀의 모습에서는 상상도 가지 않았다.

에마는 창밖을 올려다보며 조심스럽게 옛날 일을 이야기했다.

"나는 생각하는 걸 툭툭 뭐든 그대로 입에 담는 구석이 있어서 말이지, 그래서 당시에 미움을 사는 바람에…… 고등학교에 들어온 뒤로는 그런 쪽으로 확실하게 조심하고는 있지만……."

그러면서 에마는 힘없이 웃었다.

"물론 이오리한테 선배 이야기는 할 생각이었어. 하지만 그때 일이 머리에 떠올라서, 어떻게 말하면 좋을지 알 수가 없어서…… 게다가 쓸데없이 걱정을 끼쳐서, 이 사실을 말했다가 지금의 분위기가 바뀌어버리는 게 무서워져서……."

"…………."

문득 혹시 하야토가 모르는 누군가에게 고백받는다면 어떨지 상상해봤다.

하야토니까 틀림없이 상대도 배려해서 자기한테 이야기하지 않을지도 모른다. 그렇게 생각하면 에마의 기분도 알 수 있었다.

하지만 그 사실을 감춘다면. 그렇게 생각하니 이오리의 마음도 아플 만큼 이해하고 말았다. 미간에 주름을 지었다.

"고립되었을 무렵에는 있지, 이오리하고도 소원해진 시기였거든."

"어, 그래⋯⋯?"

이어지는 독백에 또다시 조금 곤혹스러웠다. 평소 두 사람의 친근한 모습을 보고 있는 만큼 더.

"어릴 적에는 딱 달라붙어 있었지만, 그게, 중학교에 올라갈 무렵에는 완전히 남자랑 여자의 골 같은 게 생겨버려서⋯⋯ 하지만 그럴 때 이오리가 말해줬거든. 『나한텐 뭐든 툭툭 말해도 되잖아. 옛날부터 익숙하니까』라고. 그게 사귀는 계기가 되었어. 그러니까 지금 나는, 더더욱 최악이지⋯⋯."

"에마⋯⋯."

에마의 얼굴이 가득 일그러졌다. 하루키도 말문이 막혔다.

바로 옆에 있으면서 소원한 시기가 있었고, 하지만 장애를 넘어서 사귀었다.

그렇기에 두 사람의 강한 인연을 느끼는 것과 동시에── 갑자기 어째선지 하야토랑 사키와 겹쳐보고 말았다. 스스로도 깜짝 놀랐다.

하루키는 곧바로 눈앞의 에마에게 성실하지 못한 태도라는 생각에 그 생각을 쫓아내고자 가볍게 머리를 내저었다. 그리고 "곤란하겠네"라고 중얼거리자, 에마도 "어쩌면 좋을까"라고 대답하는 것이었다.

그 후, 에마와 함께 교실로 돌아갔다.
점심시간이 끝나기 전 아슬아슬한 시간에 하야토와 이오리가 돌아왔다. 전력으로 뛰어왔는지 땀이 가득했다.
수업 중, 또다시 노트 조각을 주고받았다.
하지만 서로 사정을 들었어도 결국 둘 다 묘안이 떠오르지도 않아서, 어쩌면 좋을지 알 수가 없었다.
에마와 이오리의 삐걱대는 분위기는 그대로 방과 후까지 이어졌다.

◇ ◇ ◇

이날 알바는 얼마나 바쁜지, 하야토의 경험상 가장 격렬하기 그지없었다.
"미안, 4번에 파르페는 뭐였지?"
"말차! 이오리, 그건 내가 만들 테니까 일단 2번 그릇 준비해줘!"
"저기, 안미츠 숫자랑 종류가……."
"이사미, 그거 7번이 아니라 9번 테이블 거야!"
"어, 아, 죄송합니다."
"미안해, 하야토. 2번 주문 뭐였더라?"
"단팥죽 세트, 말차 하나씩! 아, 1번 식기 치우고 올게! 이오리, 그쪽은 내가 나중에 할 테니까 새로 오신 손님 안내해드려!"

"어, 어어, 미안해……."

둘은 주문 실수에 메뉴도 잘못 만들고 가게 안내까지 늦어지는 등등, 자잘한 실수를 연발했다. 이제까지의 두 사람이라면 대화 없이도 찰떡같은 호흡으로 돌아가던 연계가 엉망진창이었다.

불행하게도 오늘 이 시간의 알바는 이오리와 에마 말고는 하야토 혼자. 하루키는 문화제 준비를 돕느라, 카즈키는 부활동.

하야토는 열심히 각지를 도우러 돌아다녔지만 어떻게든 치명적인 실수를 저지르지 않는 것이 고작.

발목을 붙잡고 있다는 자각이 있던 이오리와 에마는 어떻게든 급히 도와줄 사람은 없을지 다른 알바에게 연락을 넣어주었다.

그리고 뒷문으로 들어온 알바들의 "안녕하세요~" 인사를 들은 순간, 하야토는 그만 눈물을 글썽이다가 그녀들에게 놀림을 당했다. 그리고 이오리와 에마는 그날 그대로 일을 멈췄다.

어떻게든 알바를 마치고 전례 없이 기진맥진해진 하야토는, 저녁상을 일일이 차릴 기력이 없어서 남은 음식이랑 냉동제품, 슈퍼 반찬으로 간단히 끝냈다.

부실하다며 불평이 나올 거라 생각했지만, 하야토의 더없이 지친 얼굴을 본 하루키와 사키, 히메코는 오히려 걱정해 줬다. 그걸 보고 그만 오늘 알바에 대한 불평을 흘리고 말았다.

"오늘은 정말 지쳤어…… 내일은 근육통에 목도 쉴 것 같아……."

"오빠, 알바가 그렇게나 힘들었나요?"

"응. 도와주러 온 사람이 무슨 신처럼 보였어."

"아하하. 근데 하야토, 내일도 오늘이랑 같은 시프트 아니었던가?"

"윽, 그러네. 오늘 억지로 도와달라고 했으니까 내일은 부탁하기도 힘들고."

"그럼 내일은 나도 나갈 수 있도록 할게."

"그러냐, 고마워."

이야기를 듣고 있던 히메코가 문득 무언가 알아차린 듯 물었다.

"하루, 내일 알바야?"

"응, 사람이 부족하다고 그러니까."

"그런가, 그렇구나."

이윽고 저녁 식사를 마치고, 하루키와 사키를 배웅하고, 설거지를 마치고, 거실에서 텔레비전에 집중하고 있는 히메코에게 "공부도 좀 해―"라며 말을 건네고서 자기 방으로 돌아갔다. 책상 위의 스마트폰에 그룹 채팅방 알림이 켜져 있는 것을 깨달았다. 이오리가 보낸 메시지였다.

『오늘은 미안해, 덕분에 살았어!』

한순간 대답을 망설였지만, 지치기도 해서 생각한 것을 그대로 대답했다.

『솔직히 혼자서 힘들었어. 도와주러 온 사람들한테 감사해야지.』

『하야토 군, 오늘 그렇게나 힘들었어?』

『응, 벌써부터 내일이 우울할 정도로.』

『면목이 없네…… 나도 에마도 그렇게까지 덜컹댈 줄은 몰랐어. 지금도 어떻게든 알바에 영향이 미치지 않도록 연락은 해봤는데, 잘 안 돼서…….』

그것을 계기로 대화가 끊어졌다. 하야토도 스마트폰을 들고서 미간에 주름을 지었다.

힘이 되어주고 싶지만 어려운 문제였다. 하야토에게는 이런 경험치가 부족했다.

그런 가운데, 카즈키가 툭하니 던진 말에 더더욱 무슨 말을 하면 좋을지 알 수가 없어졌다.

『나는 좀, 이사미가 말할 수 없었던 기분, 알 것 같기도…….』

다음 날의 교실도 아침부터 삐걱대는 분위기가 흐르고 있었다.

딱히 어제와 무언가가 바뀌지도 않고 방과 후가 되어, 그들은 함께 가게로 향했다. 그중에는 어찌 된 영문인지 카즈키도 있었다. 그의 시선은 걱정스럽게 이오리와 에마를 향하고 있었다.

이따금 도와주기는 하지만 카즈키는 정식 직원이 아니다. 게다가 오늘은 학교를 나설 때, 운동장에서는 축구부가 연습하는 모습이 보였다. 굳이 부 활동을 쉬고서 이쪽으로 왔나 보다.

의아해하는 하루키의 시선을 깨달은 카즈키는 무리 안의 두 사람에게 들리지 않도록, 작게 사정을 이야기했다.

"하야토 군한테 어제 힘들었다고 들었거든. 저런 분위기면 일하다가 또 뭔가 저지를 것 같으니까."

"……흐응?"

하루키는 참으로 흥미 없다는 목소리로 대답했다. 미간에는 아주 살짝 주름.

카즈키 나름대로 걱정하는 것이리라. 그런 눈치 빠른 구석이, 마치 가면을 쓰고 있을 때의 자신을 보는 것 같아서 퉁명스러운 표정을 짓게 만들었다.

그리고 카즈키의 걱정은 딱 적중했다.

"3번, 세트 말차 아직 안 나왔대!"

"으어?! 미안, 지금부터 만들게! ……어라, 이 안미츠는 어디 거야?!"

"그거, 6번이 빙수로 변경한 그거…… 하야토 군!"

"오케이, 그건 내가 만들 테니까 이오리는 말차 준비 부탁할게. 카즈키, 그거 가져가 줘."

"알았어…… 아, 계산대에 손님! 이사—— 니카이도!"

"음! ……예—! 어서 오세요—!"

사전에 하야토한테 이야기는 들었지만, 알바는 상상 이상으로 바빴다. 베테랑이자 핵심이기도 한 이오리와 에마가 연계를 취하지 못해서 실수를 촉발했다.

다행히도 자잘한 일이 많아서 하루키랑 하야토도 커버할 수 있었다. 하지만 그 횟수가 몹시 많았다.

카즈키가 있었기에 어떻게든 가게를 돌리고 있었다. 도움을 받고는 있지만, 여기서 부 활동을 쉰다는 선택지를 망설임 없이 고를 수 있는 카즈키를 자신과 비교하는 바람에 하루키는 살짝 가슴이 답답해지고 말았다.

그리고 어떻게든 피크의 파도를 넘어섰다.

가게 안에 남아 있는 것은 주문을 마친 두 팀뿐. 주방에는 하야토도 있으니까 일단 안심일 것이다. 시각은 오후 다섯 시 전, 이제부터는 매장 손님보다도 퇴근길의 테이크아웃이 활발해지는 시간대다.

"이오리 군이랑 이사미, 좀 쉬는 게 어때?"

"미안해, 그렇게 할게."

"미, 미안해."

때를 노린 카즈키가 말하자 두 사람도 그에 따랐다. 오늘이 바빠진 원흉이 휴식에 들어갔기에 하루키도 휴우, 한숨 돌렸다.

그리고 그때, 입구에서 시끌벅적 새된 목소리가 들렸다.

마음을 놓은 순간에 찾아온 손님에, 하루키는 내심 으헥 얼굴을 찌푸리며 미소를 들러 붙이고 안내에 나섰다가, 그곳에 있던 두 사람을 보고는 놀라서 소리 높였다.

"어서 오세—— 히메랑 사키?!"

"꺄—, 역시 있었네! 저것 봐, 사키. 여기 제복 귀엽지!"

"우와, 굉장해, 귀여워~! 애들이 다들 그러는 이유를 알겠어~."

이상하게 잔뜩 들뜬 히메코와 사키는, 살깃 무늬 하카마 제복차림의 하루키를 놓고서 신이 났다.

아무래도 이 제복을 보러온 듯했다. 그러고 보니 어젯밤, 저녁식사 중에 알바를 간다고 말했던 것이 떠올랐다.

하지만 히메코가 자리의 미묘한 분위기를 민감하게 느끼고 어리둥절해서 고개를 갸웃거렸다.

"하루, 무슨 일 있었어? 어제 바빴다고 그랬으니까 사람이 적은 시간에 왔는데…… 무슨 문제라도 있어?"

"읏! 어, 어어, 그게……."

그러고 보니 알바가 바쁜 이유까지는 설명하지 않았다.

움찔한 하루키가 미처 말을 못 꺼내고 허둥대다가 카즈키와 눈이 마주쳤다. 그러자 카즈키는 쓴웃음으로 답하고 히메코 곁으로 향했다.

"히메코, 사실은──."

"카즈키 씨?"

그리고 카즈키가 간단히 사정을 설명했다. 처음에 히메코
는 어딘가 묘한 태도로 듣고 있었지만 점점 험악한 분위기로
바뀌고, 이내 참으로 한심하다는 듯 "하아아아아아~~~~"
하고 특대급 한숨을 내쉬었다.

"……그게 뭔가요. 부부싸움은 칼로 물 베기라고 그러는
데, 그건가요. 하─! 아 ─ 정말, 서로 너무 좋아해서 질투
한다니 속이 다 쓰려요! 오빠, 나 쓴 말차나 블랙커피로 줘!"

히메코가 자못 시시하다는 느낌으로 말을 던지자 카즈키
만이 아니라 다른 모두도 예상 밖의 반응에 어안이 벙벙해
졌다.

그때 이오리와 에마가 플로어로 돌아왔다.

"아, 에마 씨! 빨리 사과해."

"히, 히메코, 어서 와 ── 어?"

그리고 히메코는 성큼성큼 에마 앞으로 가서 그녀의 뒤쪽
으로 빙글 돌더니 등을 꾹꾹 밀어서 이오리와 마주 보게 만
들었다.

"두 사람이 이상하면, 다른 사람들도 이상해져. 에마 씨,
빨리 남자친구한테 사과해!『걱정시킬 일을 감추고 있던 거
미안해』, 라고!"

에마는 험악한 히메코와 갑자기 맞닥뜨려서 당황했지만,

하지만 그 기세에 떠밀리는 모양새로 쭈뼛쭈뼛 가슴속에 있는 생각을 형태로 만들었다.

"저, 저기 이오리, 말 안 해서 미안해. ……그게, 금세 끝난 일이었고, 걱정을 시키고 싶지 않으니까 어떻게 다시 끄집어내서 말할지 모르겠어서…… 기분 나쁘게 만들어서…… 정말, 미안해……."

"어, 어어……."

한번 사죄의 말을 입에 담은 에마는, 그때까지 응어리처럼 맺혀 있던 마음속 걸리던 것을 단숨에 쏟아내고 머리를 숙였다.

히메코는 팔짱을 끼고서 응응 끄덕이다가 아직 입을 떡 벌리고 있는 이오리를 보고는 점점 눈썹을 추켜 올렸다.

"정말, 남자친구도 빨리 사과해!『질투해서 미안해』, 라고!"

"어?! 어, 아니, 나는……."

"변명은 됐어! 어차피 고백을 받았으니까 혹시 조금이라도 마음이 움직인 게…… 하는 생각으로 답답해하던 거잖아?"

"어?! 그, 그건 그게……."

"만약에 에마 씨가 조금이라도 남자친구한테서 마음이 떠났다든지 했으면 이렇게까지 고민하지도 않겠지? 자, 얼른!"

"히, 히메코!"

"윽! 어―…… 그게, 질투하고 토라져서 미안해. 에마는 귀여우니까, 나도 걱정이 되어서 제정신이 아니었다고 할까, 너무 걱정이 되어서……."

"이, 이오리?!"

그리고 히메코가 퍼붓는 말에 이오리도 자신의 태도를 사과하더니 함께 머리를 숙였다.

"……쿡." "……하핫."

이윽고 두 사람의 입에서 웃음이 새어 나오고, 누가 먼저라고 할 것도 없이 손을 맞잡았다.

"자, 이런 건 그냥 서로 너무 좋아서 살짝 엇갈린 거니까, 솔직하게 이야기를 나누면 금방 해결된다니까!"

""……으.""

그런 히메코의 말에 두 사람은 말문이 막혀 고개를 숙였다. 다른 사람들도, 가게에 있던 다른 손님들조차도 그 모습을 흐뭇하게 바라보며 어깨를 들썩였다.

이미 삐걱대던 분위기는 어디에도 없고, 뒤얽힌 두 시선은 평소처럼, 아니 평소 이상으로 뜨거워 보였다.

히메코의 수훈이었다.

그리고, 마치 여우에 홀린 것 같았다.

어제부터 계속 고민하던 두 사람을 보고 있었으니까, 더더욱.

이오리와 에마가 미안하다는 듯, 하지만 감사의 뜻을 담은 시선을 히메코에게 향하자 그녀는 어찌 된 일인지 후회를 드리운 미소로 답했다.

이오리와 에마만이 아니라 하루키도 무심코 숨을 삼켰다. 히메코가 두른 분위기가 바뀌었기 때문이다.

"생각하는 건 있지, 말로 표현하지 않으면 제대로 전해지지 않는다고요?"

"너……."

"히메코……."

몹시 어른스러운 표정이었다. 조금 전까지 평소와 마찬가지로 들뜬 모습을 보여주었기에 더더욱.

그리고 히메코는 무언가 아픔을 견디듯 말을 흘렸다.

"저도 제대로 말하지 못해서 후회하거나, 말하지 못해서 누군가를 상처 입힌 적이 있거든요."

무척 실감이 담긴 말이었다.

하루키는 의외라고 생각하면서도 다른 모두처럼 히메코에게서 눈을 떼지 못했다.

"이사할 때도 사키한테 직전까지 말하지 못하고…… 간신히 이야기했을 때는 눈물 콧물로 얼굴이 엉망진창이 돼서 엉엉 울고, 오빠한테도── 으각?!"

"와~! 히메, 스톱~! 그 이상은 스톱~!"

그리고 당시 사키의 부끄러운 이야기를 늘어놓으려던 히메코의 입을, 수치심으로 얼굴을 새빨갛게 물들인 사키 본인이 막았다. 눈물이 글썽거렸다.

이윽고 사키에게 혼이 나고는 미안하다며 머리를 숙인 히메코가 다시금 이오리와 에마를 돌아봤다.

"그러니까, 두 사람도 가을 축제에 같이 가요! 거기 소원판 얘기 알고 있나요?"

"으음, 마음을 합쳐서 걸면 이루어진다는 그거?"

"그래요, 그거그거! 오늘 일로 앞으로 엇갈리지 않겠다, 그렇게 적으면 딱 좋지 않을까요!"

"화, 확실히 그럴지도."

"아, 그리고 유카타! 축제에는 유카타가 필수예요, 사러 가요!"

그리고 예정이 척척 정해졌다. 훌륭한 수완이었다.

'히메, 옛날에는 우리 뒤만 따라다녔는데 말이지.'

이런 일련의 흐름을 지켜보던 하루키는 문득 히메코에 대해 생각했다.

그리고 그때, 가게 안에서 "저기요—, 계산이요—"라는 목소리가 들렸다.

가장 먼저 정신을 차린 하야토가 "예, 갑니다—"라며 계산대로 향했다.

저도 모르게 입구 근처에서 한창 이야기에 빠져버렸나 보다.

"이런. 너희를 자리로 안내해야겠네. 좋아, 오늘은 뭐든 좋아하는 걸로 하나 주문해. 내가 살게."

"어, 정말인가요? 만세—! 가장 비싼『명과 미야비』도?!"

"히, 히메~, 아무리 그래도 그건…….."

"앗핫핫, 얼마든지! 무녀님도 사양할 것 없어!"

"후엣?!"

"후후, 그럼 자리로 안내할게."

그리고 에마의 안내에 따라가는 뒷모습을 보고 있었더니 갑자기 카즈키의 혼잣말이 들렸다.

"히메, 굉장하네……."

눈부신 무언가를 보듯이 가늘게 뜬 눈. 목소리에는 동경의 기색이 배어 있었다.

"카이도……?"

"어?!"

의아하게 생각한 하루키가 이름을 부르자 카즈키는 그때가 되어서야 처음으로 목소리가 새어 나왔다는 사실을 깨달은 듯했다. 눈을 크게 끔벅거리고, 조금 빠른 말투로 말을 쏟아냈다.

"아니 그게, 우리가 그만큼 버거워하던 일을 간단히 해결해 버리니까."

"그건, 그렇지……."

"그럼 난 7번 테이블 정리하고 올게!"

"아……."

그리고 카즈키는 무언가를 얼버무리고 도망치듯 이 자리를 떠났다.

뒤에 남겨진 하루키는 무언가 석연치 않다는 표정을 지었다.

제대로 말할 수 없어서

살짝 부족한 보름 이틀 전의 달이 중천에 드리운 심야에 가까운 시간.

도시의 간선도로는 그런 시간에도 차나 트럭이 활발하게 오가고 있었다.

그곳에서 멀지 않은 5층짜리 1인 가구용 아파트의 한 방에서, 사키는 침대에 누운 채 그룹 채팅을 하고 있었다.

『아직 덥지만, 가을 축제니까! 유카타 무늬도 거기에 맞추는 편이 좋겠지―.』

『나도 이것저것 조사해봤는데, 가을 유카타 코디네이션 같은 특집이 있는 거 찾았어.』

『하지만 내일 가는 건 여름 옷 재고정리 세일이잖아? 가을에 어울리는 게 있을까~?』

『있어도 금세 나갈 것 같아…… 그래, 그러니까 이건 전쟁이야!』

『나 갑자기 배가 아플지도.』

『하루, 그건 자면 바로 낫는 거잖아. 내일은 집까지 데리러 갈까?』

『미얏?!』

"……후훗."

그런 대화를 보며 웃음을 흘리고 뒹굴 몸을 뒤척였다.

평소와 다름없는 그룹 채팅방의 대화이지만 여름방학 전과 다른 대화의 내용도, 히메코랑 하루키와의 가까운 거리가 느껴지는 것 같았다.

틀림없이 그것은 내일 함께 노는 것에 대한 화제나 쇼핑 등등, 실제로 얼굴을 마주하는 것이 전제인 화제여서 그럴지도 모른다.

그리고 문득 창밖으로 키리시마 가가 있는 아파트 쪽을 바라보고 손을 뻗었다.

지금 있는 이 장소는, 마음만 먹으면 당장 걸어갈 수 있을 만큼 물리적으로도 거리가 가깝다.

『와. 샌들이나 수영복같이 다른 여름 아이템도 있나 봐!』

『하지만 히메, 아무리 그래도 그건 이제 안 쓰는 거 아냐? 게다가 내년이 되면 유행도 바뀔 테니까.』

『윽, 으그그…….』

스마트폰 화면에서는 화제가 유카타에서 다른 옷으로 바뀌어 있었다. 그리고 공수도 교대된 것 같았다.

사키는 두 사람의 말다툼에 쓴웃음 지으며 검색 사이트를 켜서 《유카타》를 입력했다.

금세 화면에 나오는 여러 형형색색의 무늬를 보며 미간을 찌푸리고 툭하니 중얼거렸다.

"……어떤 게 좋을까."

평소 잠옷으로 입는 것과는 다른, 이런 유카타를 고르는 것은 처음이었다. 그냥 옷과도 기준이 달라서 어떻게 골라야 할지 모르겠다. 그래도 가능하다면 귀엽게 보였으면 좋겠고, 어울린다는 칭찬을 받고 싶다.

고민하고, 심호흡 한 번.

몸을 일으켜서 전신거울 앞에 섰다.

그곳에 비치는 것은 당연히 땋아 내린 머리의 익숙한 자기 모습.

잠시 가만히 바라본 뒤에 땋은 머리를 풀자 화악, 땋은 흔적이 남은 머리끝이 견갑골에 걸쳐졌다.

"아마, 이랬던가……."

사키는 더듬더듬하는 손놀림으로 머리카락을 하프 업으로 묶어 올렸다. 전날 쇼핑을 갔을 때, 우연히 만난 여자아이가 해준 헤어스타일이었다.

거친 모양이기는 하지만 거울 속 자신의 이미지는 확연하게 바뀌어 있었다. 조금 부끄러워서 수줍게 웃었다.

하지만 이런 자신도 나쁘지는 않다고 생각했다.

혹시 이 헤어스타일로 하야토 앞에 선다면 어떻게 반응할까? 그때의 모습을 상상하자 조마조마 진정되지를 않았다.

그리고 책상 위에 놓여 있는 진짜 새 화장품을 보고 으으음, 신음했다. 전날 다 같이 쇼핑을 갔을 때, 히메코랑 하루키의 추천 그대로 산 것이었다.

문득 생각했다.

기왕이면 헤어스타일만이 아니라 화장도 제대로 해서 놀

라게 만들고 싶다.

　이번에는 검색 사이트에 《화장 초보 중학생》이라 입력하고, 표시된 결과 중에 《세련되게》라는 문자를 얼른 발견해서 터치했다.

　기사를 읽으며 화장품을 꺼내어 눈싸움. 처음 보는 고유 명사에 희롱당하며 뭐가 어떤지 좀처럼 이해할 수 없어서 허둥대고 말았다.

　그러고 보니 이 헤어스타일을 가르쳐준 이름도 모르는 그녀는, 화장도 제대로 한 모습이었다.

　원래 수수했을 무렵의 사진을 보았기에 그녀의 스킬이 얼마나 굉장한지 잘 알 수 있어서, 어떻게 하면 좋을지 화장 요령을 물어보고 싶었다.

　그리고 동시에 『나도 좋아하는 사람이 있거든요』라고 했던 것을 떠올렸다.

　틀림없이 그녀가 변한 것은 좋아하는 사람이 돌아보기를 바라서 노력했기 때문이리라.

　그때 그녀는 소동에 말려들어 어느샌가 모습을 감추었다.

　정말로. 그저 우연한 만남.

　하지만 어째선지 그녀가 남처럼 여겨지지 않아서 마음에 걸렸다.

　그래서 사키는 가슴속에 있는 바람을 무의식적으로 흘렸다.

　"……다시 한번, 만날 수 있다면 좋겠네."

◇ ◇ ◇

　도심부에서 조금 떨어진 교외에 있는 재개발 구역.

　제대로 구획이 정리된 한산한 주택가는 깊은 밤에 녹아들 듯, 불빛의 숫자가 점점 줄어들고 있었다.

　그중에서 드물게도 불이 켜진 집의 거실에서 카즈키는 소파에 앉아 기분 좋게 스마트폰을 만지작거리고 있었다. 그룹 채팅방에서 한창 진행되고 있는 화제는 내일 다 같이 사러 갈 유카타에 대해서.

　『……하아, 히메코가 전원 유카타를 입어야 한다면서 계속 확인하더라고.』

　『에마도 나한테, 다 같이 유카타 입고 소원판을 걸어야 이익이네 어쩌고저쩌고.』

　『자자, 내일은 우리도 우리끼리 고르면 돼.』

　『그래도…… 어떤 걸 고르면 좋을지, 애초에 어떤 게 있는지도 모르니까.』

　『여자들 쪽은 화사한 게 이것저것 있으니까 말이지. 아, 그러고 보니 나 사실은 이런 디자인 좋아하거든.』

　그러면서 이오리는 사진 파일을 올렸다. 화려한 무늬에 어깨까지 살이 확 드러나고, 허리띠는 앞쪽으로 잔뜩 꾸며서 유흥가의 여자를 연상케 만드는 사진. 만약 이 옷을 입고서 축제에서 돌아다닌다면 반드시 주위의 시선을 모을 대담한 디자인이었다.

　대체 어떻게 반응해야 할지…… 말을 곱씹는 사이, 하야토의 대답이 올라왔다.

　『뭐라고 할까, 엄청 화려하고 입는 사람을 탈 것 같네.』

　『하핫, 그러게―. 하지만 가끔은 이런 걸 입는 여자도 볼수 있잖아?』

　『그러고 보니 우리 누나, 작년에 이거랑 가까운 느낌으로입었어.』

　『진짜?! 카즈키네 누나 굉장하네, 우리 누나라면…… 아니지, 뭔가 달라…… 하야토 말대로 사람을 타는구나…….』

　화면 너머에서 으엑, 찌푸린 표정을 짓는 이오리의 모습을 상상하고 크큭 어깨를 들썩였다.

　펼쳐지는 것은 흔하다면 흔한, 허물없는 친구 사이의 대화일 것이다.

　하지만 반년 전에는 상상도 할 수 없었던 대화였다. 고등학교에서는 적절히 타인과 거리를 두고서 빈둥빈둥 **적당히하자**고 생각했으니까, 더더욱.

　틀림없이 입학 당시의 자신에게 이런 말을 해도 믿지 않았을 것이다.

　『그건 그렇고 카즈키네 누나, 이런 걸 소화하는 건가……주변에 그런 사람이 없으니까, 어떤 사람인지 떠올리려고해도 떠오르질 않네.』

　『아하하, 이사미도 스포츠 소녀인 만큼 균형 잡힌 체형이니까 이런 느낌도 의외로 어울릴 거 같은데?』

『음…… 카즈키가 그렇게 말하니까 그런 것 같기도 하네.』

『……가족 중에 소화할 수 있는 사람이 있다고 하니까, 설득력이 있단 말이지.』

『그러게ー. 난 솔직히 이런 디자인은 MOMO 정도가 아니면 못 입을 거라 생각했어.』

"윽!"

MOMO.

갑자기 누나의 예명이 나와서 카즈키는 심장이 크게 뛰었다.

『MOMO? 그건 또 누구야…… 카즈키, 알아?』

『어어, 모델이야. 요새 여자애들한테 인기 있는.』

『그래그래, 잘 아는구나 카즈키. 에마가 갖고 있는 잡지에 가끔 나와서, 그걸로. 뭐, 엄청 화려한 사람이야. 존재감도 굉장하다고 할까, 어쨌든 이목을 끌어.』

『호오, 히메코는 잘 알 것 같네.』

어쩐지 거북해졌다. 살짝 부담스럽기도 하고.

그래서 카즈키는 화제를 조금 억지로 바꾸었다.

『그보다도 이오리 군, 이런 게 좋다면 내일 이사미가 이런 걸 사면 좋겠네?』

『아니, 보고 싶다는 기분은 있지만 아무리 그래도 이건 너무 눈에 띄잖아. 거의 코스프레 아냐.』

『그래도 이런 게 좋다고 말을 해두는 것에 의미가 있는 거 아냐? 그게, 이번 일처럼 말하지 않으면 전해지지 않는 게 있으니까. 나도 하루키가 말해줄 때까지 가지를 싫어한다는 거 몰랐어. 하지만 먹어보지도 않고 싫어한 모양이라 지금은 양념한 가지튀김 같은 건 자기가 먼저 해달라고 그러거든.』

『아—…… 그런가, 그렇겠네. 정말이지, 너희 동생한테는 배우기만 했어.』

"……."

오늘 과자 츠카사에서 본 히메코의 모습을 떠올렸다.

그만큼 고생하던 이오리와 에마의 삐걱대는 분위기를 올곧은 말로 날려버리는 모습은 통쾌하기까지 해서, 강한 동경 같은 심정을 품게 만들었다.

그렇다, 하야토와 만났을 무렵, 올곧은 말이 날아왔을 때와 마찬가지로.

그래서 카즈키는 가슴속에서 솟구치는 마음을 그대로 그룹 채팅방에 입력했다.

『히메코는 역시 하야토 군의 동생이구나. 정말로, 무척 닮았어.』

『허? 잠깐만 카즈키, 그건 승복하기 힘든데.』

『……아니, 이래저래 꽤나 닮았다고 생각해. 특히 성격 쪽으로.』

『이오리까지?!』

유감이라는 표정을 짓는 하야토가 눈에 선했다.

그 후로도『신상품이나 세일 상품에 달려드는 부분이라든지』,『오늘 너무 먹어서 체중이— 라고 소리치는 녀석이랑 같은 취급 받고 싶진 않아』라는 대화가 펼쳐졌다.

　카즈키는 잠시 두 사람을 대화를 지켜본 뒤, 스마트폰에서 고개를 들어 천장을 올려다보고 소파에 몸을 기대고는 크게 숨을 내쉬었다.

　어째선지 가슴속에는 무언가 맺힌 것이 있었다.

　눈을 감으면 살짝 표정이 어두워진 히메코의 얼굴이 떠올랐다.

　"제대로 말하지 못해서 후회한 적이 있다, 인가……."

　그때의 말이, 하야토에게는 없는 그늘을 느끼게 만드는 표정이 몹시 마음에 걸렸다.

　그리고 수영장에 갔을 때, 비슷한 표정으로 말했던『좋아하는 사람이 있었거든요』라는 말을 다시금 떠올리자 이상하리만큼 가슴이 술렁거렸다.

　어째서 그러는지는 알 수 없었다.

　하지만 그 감정을 직감적으로 그다지 좋지 않은 것이라 생각하고, 머리에서 쫓아내듯이 고개를 내저은 뒤 일어섰다. 기분을 전환하고자 부엌으로 향하고는 에스프레소 머신을 켰다.

　그리고 그때, 갑자기 목소리가 날아들었다.

　"카즈키?"

　시선을 향했더니 누나인 모모카가 있었다. 탱크톱에 핫팬

츠차림으로 배를 긁적이며 머리카락도 부스스해서 늘어질 대로 늘어진, 남들에게는 보여줄 수 없는 모습이었다. 무심코 미간을 찌푸리며 쓴웃음을 흘렸다.

"누나…… 뭔가 마실까 싶어서. 누나도 뭐 마실래?"

"음, 그럼 항상 마시는 거."

"예예."

누나가 말하는 항상 마시는 것, 조금 많이 우유를 넣은 카페라테를 준비하기 시작했다.

모모카는 칠칠치 못하게 벌러덩 소파에 드러누워서 텔레비전을 켜는가 싶더니 차례차례 채널을 바꾸었다. 이윽고 인터넷 동영상 사이트에 접속해서 바라보기를 잠시. 시시하다는 목소리로 중얼거렸다.

"재미있어 보이는 게 없네……."

"심야니까. 영상은?"

"상어 특집. 어떤 의미로 흥미는 생겨. 해바라기 밭의 상어 VS 추파카브라라든지."

"……아하하."

카즈키는 메마른 웃음을 흘리며, 완성된 카페라테를 누나 앞에 있는 낮은 테이블에 놓았다.

그러자 모모카는 대답 대신에 카즈키의 눈을 빤히 바라보고, 조금 말하기 어렵다는 듯 입을 열었다.

"카즈키 이야기를 듣는 게 재밌겠다. ……혹시 **신경이 쓰이는 친구**랑 무슨 일 있었어?"

"어?!"

누나의 말에 표정이 싹 굳어졌다.

모모카의 눈빛에는 확신의 기색이 배어 있고, 그녀의 시선이 카즈키를 꿰뚫었다.

무심코 뒷걸음질 칠 뻔했지만 마음속의 동요를 들키지 않고자 태연한 척 대답했다.

"어째서?"

"……뭔가 **전**이랑 비슷한, 좀 힘겨워 보이는 얼굴이니까."

그러면서 모모카는 눈을 내리깔고 얼굴을 피했다. 카즈키는 숨을 삼키고 눈을 끔벅거렸다.

전.

지독하게 배신을 당했던 그때.

아무래도 모모카는 누나 나름대로 동생을 걱정하는 듯했다.

그래서 카즈키는 애써 밝고 다정한 목소리로 말을 건넸다.

"괜찮아, 그런 건 아니야. 조금 전에도, 다 같이 유카타 입고 가을 축제에 가자는 이야기를 했어. 유카타는 처음이니까 어떤 게 좋을지 고민돼서, 그래서."

"……그래."

"내일 같이 사러 가거든. 아직 한창 조사하는 중이니까, 가볼게."

"…………."

조금 빠른 말투로 그렇게만 전하고, 자기가 마실 카페라테를 들고 거실을 뒤로했다.

……살짝, 변명 같다는 자각은 있었다.

◇ ◇ ◇

날짜도 바뀌어 가족들도 잠들었을 무렵.

맨얼굴에 머리카락을 바짝 묶고 안경을 쓴 아이리는, 아직 자기 방 책상 위에 교재를 펼치고서 공부를 하고 있었다. 하지만 손에 든 샤프펜슬은 미동도 하지 않고 노트에도 공백이 많았다. 아이리의 표정은 험악하고 이따금 "하아"라며 고민스러운 한숨을 흘렸다.

이윽고 노트에 흐물흐물 지렁이처럼 샤프펜슬을 움직이다가 지우고 왼손으로 관자놀이를 꾹꾹 눌렀다. 문제가 어렵다기보다 집중할 수가 없다는 상태였다.

그리고 요즘, 아이리는 매일 이런 모습이었다.

가슴의 상처가 몹시 욱신거렸다.

카이도 카즈키.

일찍이 접근하는 남자를 물리치려고 아이리의 계약상 남자친구가 되어준 상대.

처음에는 의분이었다.

이 서투르고 사람이 좋은, 그리고 바보 같은 카즈키가 부당하게 폄하당하는 것이 마음에 안 들어서, 외모가 바뀐 것만으로 아양을 떨며 다가오는 녀석들을 용서할 수 없어서,

그런 주위에게 갚아주고 싶어서.

카즈키가 사실은 멋진 녀석이라 알려주고 싶어서.

그런 타산을 바탕으로 한 기만적인 교제.

남자친구 역할로서의 카즈키는 이상적이었다.

학교에서도, 방과 후에도, 근처 가게에서도.

아이리의 바람에 응해주고, 누가 보더라도 이상적인 커플처럼 비쳤을 것이다. 주위에 과시하는 기분이 없었다면 거짓말이다.

그런 카즈키 옆에 있기 위해서, 스스로를 갈고닦는 데에도 여념이 없었다.

하지만 중학교 졸업식 날, 카즈키가 건넨 말을 다시금 떠올렸다.

『이걸로 계약 완료구나. 고등학교는 조금 떨어진 다른 곳에 다니기로 했으니까 이제 아이리를 속박할 필요도 없어. 오늘까지 고마웠어.』

사무적인 이별 표명, 그것을 확인하는 말.

결국 아이리만 혼자 씨름했던 것이다.

이용했을 뿐.

들떠 있었던 것일지도 모른다.

카즈키와 제대로 마주하지 않았던 것이다.

그때 처음으로 항상 옆에서 짓고 있던 카즈키의 미소가 가면처럼 만들어낸 것임을 깨달았다. 그의 눈동자가 아이리도 아무것도 비추지 않은 채 체념으로 흐려져 있던 것을 잘 기억하고 있다. 틀림없이 임시 연인으로 지낼 때도, 계속 그랬겠지.

그리고 아픈 가슴과 함께 이해했다.

자신은 그날 아이리에게 처음으로 말을 건네었을 때와 같은 진짜 미소를 보고 싶었던 것이라고.

자신은 그것을 끌어낼 수도 없었던 것이라고.

그와 동시에 카즈키를 향해 명확한 연심을 자각했다.

"어째서, 나는…… 응?"

그리고 그때 스마트폰이 메시지를 알렸다.

무척 늦은 시간에 누굴까 싶어서 화면을 들여다봤더니 모모카의 이름.

마이페이스인 모모카는 이런 시간대에 연락하는 경우도 드물지 않았다.

게다가 내용 역시도 재미있는 동영상을 찾았다든지, 맛있어 보이는 팬케이크 가게가 특집으로 실렸으니까 가보고 싶다든지, 별것 아닌 내용이 많았다. 가끔씩 미팅 시간이나 장소가 헷갈려서 연락하는 경우도 있고.

과연 이번에는 대체 무슨 내용일까 미간을 찡그리며 스마트폰 화면을 켰다가, 그곳에 적혀 있던 의외의 문장에 숨을 삼켰다.

『카즈키 일로 상담 좀 괜찮을까?』

사고가 한순간 새하얘졌다. 조금 전까지 카즈키를 생각하고 있었으니까 더더욱.

이제까지 카즈키 일로 자신이 상담을 청한 적은 있지만, 모모카 쪽에서 상담을 청하는 일은 없었다. 그래서 내용이 상상도 가지 않았다.

떨리는 손끝으로『대체 무』,『별일』이라고 도중까지 입력하고는 지웠다. 사고가 빙글빙글 헛돌아서 무어라 대답하면 좋을지 알 수 없었다.

이윽고 아이리는 가슴에 손을 대고 복받치는 초조함에 떠밀리듯 통화를 눌렀다.

『⋯⋯⋯⋯야호―, 아이링.』

"모못치 선배, 카즈키치한테 무슨 일 있어요?"

『어―응, 내 착각일지도 몰라서, 으―응, 그런 느낌인데.』

"모못치 선배!"

『윽!』

스마트폰 너머로 들리는, 모모카가 숨을 삼키는 목소리에 정신을 차렸다.

스스로 생각하던 것 이상으로 초조했나 보다. 말하기 어려운 듯 좀처럼 본론으로 들어가지 않는 보기 드문 모모카의 태도에 그만 큰 소리를 내고 말았음을 깨달았다.

"⋯⋯."

『⋯⋯.』

무척 거북한 침묵이 흘렀다.

그만큼 아이리도 스스로가 생각하는 것 이상으로 애가 탔을 것이다.

이번에는 아이리가 "저기" "그게"라며 입 안으로 말을 굴리고, 천천히 이야기를 꺼냈다.

"……무슨 일 있었나요?"

『딱히 아무것도…… 내 기우 같기는 한데…….』

"무슨 이야기예요?"

『어— 응, 조금 힘들어 보이는 얼굴이었어. ……그때처럼.』

"……예?"

『어쩌면 고등학교 **친구**한테 괴롭힘을 당한다든지——.』

"——그건 절대 아니에요, 말도 안 돼."

그 이상 말을 허락하지 않겠다는 듯 발언을 겹쳤다.

실제로 카즈키의 친구와 대화를 나눈 감상으로는, 그의 친구는 누군가를 헐뜯을 법한 사람이 아니었다. 카즈키의 최근 얼굴을 보더라도 그것을 알 수 있었다.

그 친구만이 아니었다.

전날 우연히 그들과 만나고, 주정뱅이가 시비를 걸었을 때를 다시 떠올렸다.

그때의 카즈키에게서는 친구를 향한 확고한 신뢰와 진심에서 우러나오는 미소, 중학교 무렵에도 본 적이 없는 모습을 볼 수 있었다.

그렇다, 그것은 아이리로서는, **가짜 여자친구**로서는 이끌어 낼 수 없었던 표정이었다.

그건 분명.

그들과의 관계가 **진짜**이기 때문일 것이다.

그리고 그때, 좋아하는 사람이 있다는 여자아이가 뇌리를 스쳤다.

올곧은 아이였다.

그녀라면 틀림없이 자신과 달리, 전해야 할 말을 그르치지 않을 것이다.

그 상대는 대체 누구일까── 거기까지 생각했을 때, 가슴이 욱신 아팠다.

몸 안을 설마와 어쩌면이 빙글빙글 맴돌고, 가슴속의 형용할 길 없는 불안과 초조함으로 가득 채웠다.

어떻게든 하고 싶다는 생각에 사로잡혔지만, 전 **여자친구**라는 사실이 무겁게 드리웠다. 모모카는 몹시 진지한 목소리로 호소했다.

『나, 카즈키 친구랑 만나보고 싶어.』

제 4화

비밀로 하던 것

주말은 가을이라는 이름뿐인, 늦더위라는 말이 딱 맞는 후텁지근하게 맑은 날이었다.

역으로 이어지는 길에서는 아스팔트에서 일렁일렁 아지랑이가 피어오르고 미적지근한 바람이 뺨을 쓰다듬었다.

"더워……"

하야토는 푸른 하늘의 중천에서 여름의 잔재를 모두 쏟아내겠다며 열기를 흩뿌리는 태양을 지긋지긋하다는 기분으로 쏘아보고, 뺨에 맺힌 땀을 훔쳤다.

휴일의 역 앞은 많은 사람들이 바삐 오갔다.

그래서 딱히 약속 장소를 정하지 않더라도, 가만히 서 있는 것만으로도 사람들의 시선을 끈다.

발매기 근처에서 한 손에 스마트폰을 들고는 두리번두리번 주위를 살피는 하루키를 발견했다. 하야토는 여기 있다고 한 손을 들며 말을 건넸다.

"하루키, 기다렸지."

"아, 하야토…… 어, 혼자야? 히메랑 사키는?"

"어, 뭔가 할 일이 있다면서 현지에서 만나자던데."

"흐응?"

"일단 전철 타자…… 아, 그 전에 표 사올게."

표를 사고 개찰구를 지나자 동시에 전철이 도착했다.

이미 플랫폼에 들어와 있던 하루키가 재촉하길래 전철에 뛰어들었다.

휴일의 전철 안은 드문드문 비어 있는 자리는 있지만 미묘하게 두 사람이 같이 앉을 자리는 없어서, 그대로 문 근처에서 손잡이를 잡고 한숨 돌렸다.

"후우, 안 늦었네."

"히메 같은 소리지만, 하야토는 교통카드 같은 거 안 만들어? 내 앱에서는 포인트도 붙는데."

"으─음, 그건…….."

어리둥절한 하루키가 고개를 갸웃거리고 하야토는 머리를 긁적였다.

몇 번인가 같은 말을 들었지만 딱히 이유는 없었다. 장을 보기에는 얼마를 쓰고 얼마나 남아 있는지 쉽게 볼 수 있는 현금이 더 좋고, 알바나 병문안에는 교통비를 아끼려고 걸어서 다니니까 애당초 쓸 기회가 없었다. 그리고 아직은 잘 모르니까, 부정 사용이라든지 그런 부분은 괜찮을지 걱정되기도 했다.

그래서 어떻게 말하면 좋을지 얼굴을 찌푸리고 있었더니 하루키가 의아하다는 표정으로 바라봤다.

"설마 바이크 살 거라서 그래? 그래서 전철은 딱히, 그런 느낌?"

"아니, 그건 아냐. 평소에 전철을 안 타니까 딱히 없어도 상관없을 것 같아서."

"있으면 그것대로 편리하니까 일단 만들어두면 되는데."

"뭐, 그럴지도 모르겠지만 말이지, 귀찮아."

아하하, 애매하게 웃으며 얼버무리는 하야토.

하지만 하루키는 미간을 찌푸리고 물었다.

"평소에 안 쓰게 되는 건 바이크도 마찬가지잖아?"

"음, 그건 그렇지. 평소에 걸어갈 수 있는 거리에 이런저런 가게가 있고, 주차장도 한정되어 있으니까. 게다가 유지비도 드니까 외출할 때는 전철을 타는 편이 싸고 편리하겠네."

"와, 하야토 본인이 사겠다더니 꿈은 어디 갔냐고—."

"하핫, 그래도 말이야——."

거기서 말을 잠시 끊고 창밖으로 시선을 향했다.

그러자 구름 한 점 없는 맑은 서쪽 하늘 아래, 후지산이 보였다.

그것을 눈동자에 비추며 가슴속의 말을 흘렸다.

"만약에 바이크가 있다면, 오늘 같은 날에 훌쩍 저기까지 갈 수 있겠구나 싶어서, 두근두근하지 않아?"

대단한 이유는 아니었다. 어린아이 같은 소리라는 것도 알았다. 게다가 과연 혼자서 그렇게까지 갈 수 있을지도 의문이었다.

그래도 말하자면 그럴 마음만 있다면 어디로든 갈 수 있겠다는 부적 같은 것.

——만약 소중한 누군가에게 어딘가에서 무슨 일이 생기

면, 바로 달려갈 수 있도록.

그래서 하야토가 아하하 수줍게 웃으니 하루키도 마찬가지로 후지산을 바라보고 중얼거렸다.

"그런가 —— 엣취!"

그때 하루키가 귀엽게 재채기를 했다.

"괜찮아?"

"응, 멀쩡해. 여기, 냉방이 직접 닿는 모양이라서. 걸칠 것도 있으니까."

팔을 문지르는 하루키는 캐주얼한 민소매 스웨터와 체크무늬 스커트로, 하야토와 같은 여름옷이었다. 하지만 손에는 얇은 재킷을 들고 있어서 그것을 걸치고 눈앞에서 빙글 돌았다.

"어때? 요전에 애들이랑 산 거야."

"……뭔가 단숨에 가을다워졌어."

"그렇지? 오늘은 더우니까, 걸칠 옷으로 챙겼어."

"그래?"

그런 부분도 포함하면 여자는 입을 것을 생각하는 것도 큰일이겠구나, 하는 생각에 딱딱한 대답을 하자 하루키는 어깨를 으쓱이며 타이르듯 말했다.

"하야토도 좀 꾸며 봐도 될 텐데."

"뭐, 그건 그런데…… 딱히 곤란하지도 않고."

"음——, 평소와 다르게 꾸미면 주변 반응도 달라져서 즐겁다니까? 하야토도 꽤나 놀라주잖아."

"으음."

확실히 재회한 이후, 번번이 다양한 모습을 보여주는 하루키에게는 놀란 적도 많다. 다만 그녀의 말에 놀리는 기색이 다분히 배어 있는 것도 알 수 있어서 살짝 미간을 찌푸렸다.

하루키를 놀라게 만들기 위해 이것저것 꾸미는 자신을 상상해봤다.

하지만 이제까지 꾸미는 것과는 인연이 없는 생활을 보낸 하야토의 상상력으로는 고작해서 양 인형 옷을 입은 자신이 나오는 정도. 아무리 그래도 방향성이 다르다는 건 알기에 더더욱 미간에 주름이 깊어졌다. 하루키도 그런 하야토의 얼굴을 보고 쓴웃음.

그러는 사이에 이윽고 목적지 역에 도착했다.

여전히 거대하고 세로로도 가로로도 복잡하게 뒤얽힌 역 구내에서, 많은 사람들이 흐름을 만들며 각자의 행선지로 향했다.

오늘 약속 장소는 평소의 새 오브젝트가 아니라 역 안에 부설된 백화점 입구였다. 히메코의 지시였다.

이곳을 방문하는 것은 몇 번째일까? 아직 역 내부의 전모를 파악하지는 못했지만, 처음 가는 장소라도 안내판을 따라서 인파에 몸을 맡기고 막힘 없이 갈 수 있을 정도로는 도시에 익숙해졌다.

목적지에는 순조롭게 도착했다.

누가 와 있는지 주위로 시선을 움직이고 있었더니 등 뒤에서 "오" 하는 목소리가 들렸다.

"하야토 군, 니카이도."

"안녕, 카즈키."

돌아보니 카즈키가 조금 허둥대는 느낌으로 달려왔다. 그 뒤에는 아쉽다는 표정을 짓는 조금 연상으로 여겨지는 여성. 카즈키가 안도한 표정인 걸로 보아 아무래도 그녀한테서 도망쳤나 보다.

하야토와 하루키는 아 또냐, 하며 얼굴을 마주 보고 쓴웃음 지었다.

"여전히 큰일이네."

"아하하, 곤란하단 말이지. 니카이도도 혼자서 돌아다니면 남자들이 자주 말 걸지 않아?"

"나는 그런 위태로운 사태가 벌어지지 않도록 주의하고 있으니까."

"아, 하루키는 기본적으로 방에 틀어박혀서 나가질 않으니까."

"하야토—?!"

"아하하, 여전히 사이좋네."

하루키가 배신당했다며 목소리를 높이자 카즈키는 눈을 동그랗게 뜬 뒤 싱긋 웃었다. 그리고 한바탕 웃은 뒤, 주위를 둘러보고 물었다.

"어, 둘뿐이야?"

"응, 우리도 지금 막 왔는데—— 어?"

그리고 그때, 거리 쪽에서 다가오는 사람들 중에 이오리와 에마의 모습을 포착했다.

하야토는 여기라며 손을 들었지만 도중에 멈추고 꺼내려던 말을 삼켰다.

"커플로 맞춘 건 처음이네."

"좀 부끄럽다."

"하지만 기뻐."

"……나도."

"에헤헤."

"후후."

두 사람은 손을 잡고서 서투르게 달달한 말을 주고받았다. 이제까지의 두 사람에게는 큰 변화이고, 진전이었다. 틀림없이 전날 일로, 마음을 말로 전하는 것이 얼마나 중요한지 통감했기 때문일 것이다.

이오리와 에마가 연신 서로의 가방에 달린 거북이 키홀더를 손에 들고서 빨개진 얼굴에 미소를 그리고, 눈이 마주치고는 고개를 홱 돌리는 것도 눈에 들어왔다. 아무래도 먼저와서 사 온 듯했다.

참 러브러브다. 친근한 모습은 친구로서 축복하고 싶지만, 보는 것만으로도 속이 쓰릴 정도로 달달한 분위기였다.

……무심코 말을 건네는 것을 주저하고 말 정도로.

뺨이 굳어진 하야토가 어쩌면 좋겠냐고 하루키와 카즈키를 돌아보니, 둘 다 입 안이 너무나도 달달해져서 못 참겠다는 표정으로 어깨만 으쓱였다.

"――아."

"웃?!"

"아, 안녕."

그때, 이오리와 눈이 마주쳤다.

그러자 금세 이오리의 얼굴이 수치로 물들고, 에마도 "이건, 그게……"라며 뺨에 다른 한 손을 대고 몸을 비틀었다. 하야토도 쓴웃음으로 답했다.

참으로 겸연쩍은 분위기가 흘렀다.

그리고 그때, "아―앗!" 하는 무척 들뜬 목소리가 들리는가 싶더니, 백화점 쪽에서 나타난 히메코가 금세 이오리와 에마를 향해 돌격했다.

"꺄―, 러브러브! 에마 씨 러브러브! 어머, 깍지 꼈네요?!"

"윽! 하야토 동생?!" "히, 히메코?! 이, 이건 그게……."

"와, 설마 가방에 그거 커플로 맞췄어요?! 페어?!"

"이, 이오리가 같은 걸 가지고 다니자고 그래서……."

"아니, 잠깐, 에마?!"

"꺄―!"

에마의 말에 더더욱 흥분하는 히메코.

부끄러워하면서도 아주 마음에 없지는 않다는 태도의 에마와 허둥지둥하는 이오리.

하야토, 하루키, 카즈키는 그런 모습을 보고, 얼굴을 마주 보고 쓴웃음.

그러고 보니 남은 한 사람, 사키의 모습이 보이지 않았다. 히메코와 같이 있었을 텐데. 고개를 갸웃거리자 "히메, 기다려~"라는, 조금 당황한 사키의 목소리가 들렸다. 아무래도 이오리와 에마를 발견한 히메코가 먼저 달려왔나 보다.

하야토는 동생의 행동 탓에 지끈거리는 머리로, 사키의 목소리가 들린 쪽을 보았다.

"사키…… 어?"

그리고 그만 이상한 목소리가 나왔다. 이쪽으로 다가온 여자아이를 보고 믿을 수 없다는 듯 입을 떡 벌린 채, 흔들리는 눈빛으로 끔벅거렸다.

"히메도 참…… 아, 저희가 마지막인가 보네요. 기다리셨나요?"

"아니, 그건…….'"

사키, 라고는 생각한다. 목소리도 같다. 하지만 무례하다고 생각하면서도 그만 빤히 보고 말았다.

조금 불만스럽게 입술을 삐죽이는 눈앞의 소녀는, 서글서글하고 어른스러운 분위기인 사키와는 정반대로 화사한 모습.

아마포색 물결치는 머리카락은 하프 업으로 올렸다. 니트 오프 숄더와 미니스커트에서 엿보이는, 평소에는 감추고 있는 희고 투명하니 가느다란 어깨나 늘씬한 허벅지는 참으로 눈부셨다. 마치 봐서는 안 되는 것을 보는 기분이 들고 만다. 화장도 제대로 해서, 코끝이 평소보다 또렷이 드러나며 한층 더 화사함을 연출하고 있다.

마치 도시 그 자체를 체현한 것 같은, 그야말로 세련되고 예쁜 여자아이였다.

그만 그대로 말도 없이 빠져들고 말았다. 하야토만이 아니라 하루키도. 그리고 카즈키도.

그러자 사키는 그런 그들의 반응을 보고 불안했는지 점점 표정이 어두워졌다.

"저기, 이상……한가요?"

"윽! 어, 그게……."

그런 근심을 드러운 사키의 목소리에 정신을 차린 하야토는 황급히 말을 건넸다.

"어, 놀랐어. 헤어스타일도 평소랑 분위기가 달라서 잘 어울리고, 그, 옷도 여태까지랑 분위기가 다르지만, 화사해서, 좋다고 생각, 합니다."

평소처럼 말할 생각이었는데 어째선지 허둥지둥하고 말았다.

"아! 고마워요! 만세!"

하지만 사키는 하야토의 말에 점점 표정이 풀어지고, 어린아이처럼 가슴 앞으로 주먹을 쥐고는 기뻐서 몸을 흔들었다.

심장은 동요인지 혹은 다른 종류의 감정인지 조금 전부터 심상치 않게 뛰고, 가슴에서는 이제까지 하야토가 느낀 적 없는 감정이 소용돌이쳤다.

얼굴이 붉어졌다는 걸 자기도 아는 하야토는 수줍음 탓에

살며시 시선을 피하다가 하루키와 눈이 마주쳤다.

"저기, 하야토. 꾸민다는 건 굉장하지?"

"그, 그러게……."

그리고 하루키는 환한 미소를 지으며 사키를 돌아봤다.

"사키 엄청 귀여워! 어울려!"

"에헤헤, 이것저것 조금 도전해봤어요. 모처럼 도시에 왔으니까 말이죠~."

"응응, 평소와 전혀 다른 이미지이지만, 그런 느낌도 좋네! 이미지가 변하니까 아까 하야토 정도는 아니지만 놀라서 무슨 말을 하면 좋을지 모르겠더라고."

"아핫, 그럼 놀라게 만들기는 성공이네요!"

그러면서 사키는 수줍어하며 몸을 빙글 돌렸다.

평정을 되찾은 카즈키도 사키에게 말을 건넸다.

"무라오, 정말 잘 어울려. 엄청 놀랐어. 그만큼 몰라볼 정도가 되면, 기분도 엄청 달라지지 않아?"

"아! 그래요! 뭔가 평소보다 싱숭생숭하다고 할까, 기분이 고양되어서 도저히 내가 아니라고 할까요……."

"외모에 이끌려서 자신도 바뀌었다는 느낌?"

"그런 느낌이에요!"

"……옛날에, 그런 식으로 되고 싶은 자신이 되는 데 성공한 애가 있었거든. 무라오도, 되고 싶은 자신이 있다든지?"

"후에?!"

이번에는 사키가 눈을 끔벅거릴 차례였다.

사키가 머뭇머뭇하면서 이쪽으로 흘끗흘끗 시선을 향하고 "저기" "그게"라는 말을 입 안으로 굴리는 한편, 카즈키가 싱글싱글 흐뭇해하는 것은 과연 지켜보는 것인가, 놀리는 것인가.

보다 못한 하야토가 도우러 나섰다.

"일단 행사장으로 갈까."

일요일 도심이라면 놀거나 쇼핑을 하러 나온 사람들로 무척 북적거린다.

다행히도 똑같이 샤인 스피리츠 시티로 가는 사람이 많은지, 거리에는 자연스럽게 그쪽으로 향하는 것 같은 흐름이 생겨서 이동에 불편은 없었다.

하지만 옆을 걷는 히메코는 으헤, 하며 명백하게 더위에 질린 표정으로 불평을 흘렸다.

"더워…… 오늘 너무 더워……."

그런 히메코의 복장은 봉긋한 소매가 포인트인 복슬복슬 부드러운 색상의 상의에 긴 치마. 조금 어른스럽게 가을을 의식한 옷이었다. 조금 전부터 "꾸민다는 건 참는 것, 꾸민다는 건 참는 것"이라고 자기암시의 주문처럼 중얼거리는 중이다.

하야토는 그런 동생에게 동의하긴커녕 싸늘한 눈빛을 보냈다.

"그럼 좀 더 시원한 걸 입으면 되잖아."

"하아, 오빠는 모른다니까! 자, 카즈키 씨를 봐!"

히메코가 시선으로 재촉해, 하야토는 다시금 카즈키를 봤다.

모노톤으로 통일된 심플한 디자인 셔츠와 테이퍼드 팬츠는 청결한 느낌이 있어서, 늘씬한 카즈키를 어른스러워 보이게 만들었다. 또한 캔버스의 색깔이 가을답게 느껴져서 하야토도 무심코 호오, 감탄을 터뜨리고 말았다.

두 사람의 대화를 들은 카즈키가 싱긋 미소 지었다.

"하하, 고마워. 히메코도 여전히 잘 어울려서 귀여워."

"후훗, 카즈키 씨도 여전히 달변이네요―. ……정말이지, 오빠도 카즈키 씨의 절반 정도라도 꾸미는 데 신경 좀 쓰지. 보세요, 전혀 계절감 없는 오빠의 오늘 이 복장!"

"……거참 미안하네."

하야토는 한여름과 똑같은 복장을 지적받고는 퉁명스럽게 얼굴을 찌푸렸다.

카즈키와 시선이 마주치자 그는 곤란하다는 표정으로 어깨를 으쓱이고, 살짝 장난거리가 떠올랐다는 듯한 미소를 지었다.

"그래, 하야토 군은 자기를 위해서가 아니라 주위를 위해서 꾸민다고 생각하는 게 더 와 닿을 거야."

"주위를 위해서……?"

"다들 열심히 꾸미고 왔는데 혼자만 칠칠치 못하면, 다른 사람들의 의욕이 깎여버리잖아?"

"음, 그건⋯⋯."

일리 있다. 그렇게 생각하고 말았다.

히메코도 카즈키에게 동의하듯 응응, 끄덕였다.

"하야토 군도 바탕은 괜찮으니까."

"카즈키 씨, 이번에 오빠 옷 같은 것도 좀 봐주세요!"

"겸사겸사 미용실에도 데려가고 싶네."

"아! 좋네요, 철저하게 개조해버려요!"

"하야토 군이라면, 의외로——."

"어, 하지만 오빠라면——."

"⋯⋯."

그리고 어느샌가 하야토를 개조한다면, 그런 이야기로 신이 난 히메코와 카즈키.

부끄럽기도 하고 고개를 들이밀어서는 안 된다는 생각에 한 걸음 물러났다.

사키는 현재 새된 목소리로 이야기하며, 이오리와 에마에게 평소에 어떻게 지내는지를 듣고 있었다. 아무래도 사키도 사랑 이야기를 좋아하나 보다.

문득 주위를 관찰해봤다.

이제까지와 마찬가지로 더운 날이지만, 그래도 오가는 사람들에게서는 어딘가 부드러운 색상의 인상을 받았다. 틀림없이 다른 아이들과 마찬가지로 가을을 의식한 복장의 사람이 많은 것이리라.

자신의 모습을 둘러보고 조금 전 카즈키의 말을 다시 떠올렸다.

그렇구나, 여름과 변함이 없는 복장인 자신은 확실히 볼 줄 아는 사람이 본다면 조금 붕 떠 보일지도 모른다.

옆을 걷는 하루키를 흘끗 봤다.

이런 붐비는 상황에서도 이따금 돌아보는 사람이 있을 정도로 단정한 얼굴과 존재감을 발하고 있었다. **파트너**로서 그 옆에 선 모습을 생각하면 최소한의 매무새라는 것이 있으리라.

앞으로는 그런 쪽으로 신경을 쓰는 편이 좋을지도 모르겠다── 하지만 구체적으로 어떻게 하면 좋을지 묘안이 떠오를 리도 없어서 으으음 미간을 찌푸리다가, 하루키가 자기 머리카락을 한 떨기 손으로 잡고서 바라보는 것을 깨달았다. 그녀의 얼굴은 참으로 묘했다.

"하루키? 머리카락 갈라졌어?"

"……아니야."

무슨 일일까 싶어서 말을 걸어봤지만 뾰로통한 목소리와 함께 어이없다는 한숨이 돌아왔다.

하루키는 으─응 하고 미간을 찌푸리며 손가락으로 머리카락을 만지작거리다, 주저하는 기색으로 입을 열었다.

"혹시, 나 있잖아, 탈색한다든지 그러면 어떨까 싶어서."

"하루키가 머리 색깔을……?"

그 말에 하루키의 머리카락을 빤히 봤다. 길고 윤기 있는, 예쁜 스트레이트 흑발이었다. 재회한 지금 하루키의 청초

한 분위기를 연출하는 데 더없이 큰 역할을 하는 그 머리카락은 트레이드마크라고도 할 수 있을 것이다. 그래서 다른 색깔의 머리카락을 상상해 봐도 제대로 떠올릴 수 없었다. 마치 다른 사람 같을 것이다.

그래서 하야토는 미간을 찌푸리며 솔직하게 생각한 것을 그대로 말했다.

"잘 모르겠네."

"그런가."

하루키는 참으로 애매하게 웃었다. 그녀의 시선은 사키에게 쏠려 있었다.

오늘의 사키를 보고 무언가 생각하는 바가 있었을지도 모른다.

하야토는 어쩐지 그 기분을 알 수 있을 것 같아서, 머리를 긁적이고는 앞을 돌아보고 음, 목을 풀었다.

"나는 지금 하루키의 머리카락도 좋아하는데."

"…………어."

하야토는 그렇게만 말하고. 하루키의 놀란 목소리를 그냥 넘겨버리는 모양새로 다른 아이들을 쫓아갔다.

목적지에 다다랐다.

그들의 눈앞에 펼쳐져 있는 것은 샤인 스피리츠 시티, 그곳에 있는 전시 홀.

멀리서도 『올여름 마지막 재고정리 세일!』이라는 커다란 현수막이 눈에 띄고, 수많은 여성 손님이 북적이고 있었다.

이제까지도 올 때마다 수많은 사람에 놀라기도 했지만 오늘은 그 이상으로 북적였다. 확실히 이렇게 사람이 많다면 전문점 거리보다 이곳 이벤트 홀을 이용하는 편이 이치에 맞을 것이다.

"""……굉장해."""

하야토, 히메코, 사키의 츠키노세 팀 삼인방은 무심코 그런 말을 중얼거렸다.

주위의 사람들을 불러보니 번쩍이는 눈빛의 여성 손님뿐. 마치 보석을 노리는 헌터처럼 어딘가 찌릿찌릿한 분위기를 두르고 있었다.

그것만으로도 이 바겐 세일이 전장 같은 상황임을 이야기하고 있어서 꿀꺽 침을 삼켰다.

하지만 오싹해하는 하야토와 달리 히메코와 사키, 그리고 에마는 투지를 불태우고 있었다.

"이러고 있을 때가 아니야! 가자, 사키, 에마 씨!"

"응, 서두르자 히메! 빨리 안 가면 좋은 걸 뺏겨버려!"

"이오리, 나중에 여기서 집합이야! 보물이 있을지 찾아봐야 돼!"

"자, 하루도 얼른—!"

"미얏—?!"

하야토와 마찬가지로 살짝 주춤거리던 하루키를, 히메코가 끌고 가듯 안쪽으로 데려갔다.

그녀들의 기세에 어안이 벙벙해졌던 남자 삼인방은 정신을 차린 뒤 얼굴을 마주 보고 쓴웃음.

"우리는 우리대로 갈까."

"그러네, 저기에 어울리지 않아도 된다면 기쁘지."

"하핫, 에마 녀석도 고르기 시작하면 길어지니까."

그리고 누가 먼저라고 할 것도 없이 행사장을 향해 걸음을 옮겼다.

세일 행사장이기도 한 전시 홀 안은 무척 혼잡했다.

제대로 구획이 정리된 공간에 다양한 가게가 늘어서 있어 장관이었다. 아무래도 시티에 있는 전문점 거리 외의 브랜드도 들어와 있는 듯했다.

무심코 오가는 사람에게 어깨를 부딪칠 뻔했지만, 그럼에도 그만 두리번두리번 시선을 헤매고 말았다.

하야토만이 아니라 카즈키랑 이오리도 신기한 듯 주위를 둘러보고 있었다. 그럴 만큼 도시에서도 규모가 큰 행사일 것이다.

유카타만 둘러보더라도 가게마다 심플한 것, 옅은 색상에 귀여운 것, 기발한 무늬나 화려함을 전면에 내세운 것, 상당한 종류를 볼 수 있었다.

그렇구나, 저것이 브랜드의 차이라는 것이리라.

또한 여름옷에 양산이나 샌들, 모자에 부채 같은 소도구도 무척 충실했다.

보는 것만으로도 즐거워서, 여자들의 기분이 들뜨는 이유도 살짝은 알 수 있을 것 같았다.

이윽고 남성 전문 구역이라 이름이 붙여진 곳에 도착했다.

다른 곳과 비교하면 살짝 손님 숫자가 적은 느낌이지만 그럼에도 충분히 성황이었다.

"어, 저건 뭐야?"

이오리가 입구에 있는 마네킹을 발견하고는 달려갔다. 하야토도 황급히 뒤를 따랐다.

"우와, 엄청 화려하네…… 가부키 시리즈 코너?"

"옆에 있는 건 수수하네. 사무라이, 낭인 코너…… 아하핫, 확실히 그렇게 보이긴 해."

"이쪽은 커플 코디네이트 코너…… 이오리, 어때?"

"으엑?! 그런 걸 어떻게 입냐!"

"그래도~, 기왕 왔으니까, 자?"

"그럼 하야토, 이거 니카이도랑 같이 입을 수 있겠어?"

그러면서 이오리가 어느 마네킹의 유카타를 가리켰다. 흰색과 주황색의 체크무늬로 장식된, 남자가 입기에는 적잖이 귀여운 디자인의 유카타였다. 하지만 하루키에게는 어울릴 것이다.

하루키와 세트로 입고 있는 모습을 상상해봤다.

그것은 주위에 깊은 사이라고 선전하는 일이라 그것을 부끄러워하면서도 어딘가 짓궂은 평소의 미소를 짓고, 점점 기분이 들뜨는 하루키의 모습을 쉽게 상상할 수—— 거기서 황급히 고개를 내저었다.

"……미, 미안. 무리야."

"하핫, 그렇지?"

"그보다도, 왜 나랑 하루키야. ……그냥 소꿉친구라고."

"어?"

"뭐, 뭔데."

하야토가 그런 불평스러운 말을 흘리자 이오리는 믿을 수 없다는 듯 눈을 크게 떴다.

그리고 퍼뜩 무언가를 깨달은 표정이 되어, 입을 씨익 초승달 모양으로 만들었다.

"그럼 무녀님이랑 같이 입는 편이 나은가?"

"허어?!"

이오리의 말에 이끌리듯, 사키와 세트로 입고 있는 모습을 상상해버렸다.

그 순간, 가슴이 크게 두근거렸다.

예전이라면, 아니, 정확하게는 지난달까지라면 신악무를 추던 때 같은, 의연하고 시원스러운 미소를 짓는 얼굴을 떠올렸을 것이다.

하지만 어째선지 수줍게 뺨을 물들이고 살짝 미소 짓는 모습을 상상해서는—— 그리고 짝, 양손으로 있는 힘껏 자기 뺨을 때렸다.

"하, 하야토?!"

"아야~."

한순간 머릿속이 엉망진창이 되었다.

따끔하게 가슴을 찌르는 어렴풋한 죄책감과 함께, 가슴속에 형용하기 어려운 감정이 소용돌이쳤다.

그래서 황급히 가게 안으로 시선을 돌리고 얼버무리듯이 말을 입에 담았다.

"그, 그건 그렇고 다양한 종류가 있는데?"

"……뭐, 확실히 생각했던 것보다도 많아서 어떤 걸 고르면 좋을지 모르겠네."

"나, 이런 거 잘 모르니까…… 아, 카즈키는?"

"어라? 그러고 보니 어디 있지?"

틀림없이 옆에 따라온다고 생각했는데 모습이 보이지 않았다.

어디로 갔을까, 가게 안으로 들어가 봤더니 금세 모습을 발견했다. 하지만 말을 건네려다가 그만 주저하고 말았다.

"…………."

무척 진지한 눈빛으로 행거에 걸린 유카타를 음미하고 있었다.

이따금 손을 멈추고는 미간에 주름을 새겼다.

저만큼 진지한 표정은, 부 활동 때에도 볼 수 없을지도 모른다.

이윽고 유카타 하나를 손에 든 참에, 이오리가 말을 건넸다.

"카즈키, 그걸로 하게?"

"아, 이오리 군. 그리고 하야토 군도. 아니, 이건 후보 중 하나일 뿐인데…… 자."

""어?!""

그러면서 카즈키는 발밑에 있던 바구니를 들어 올렸다.

넘쳐날 정도의 유카타가 들어있었다. 이런 짧은 시간 동안에 고른 것일까?

놀라서 눈을 끔벅거리는 하야토와 이오리.

그런 두 사람을 제쳐놓고 싱글싱글하는 카즈키는 바구니 안에서 차례차례 유카타를 꺼내서 펼치고 떠넘겼다.

"이런 거 하야토 군한테 어떨까? 이런 밝은 색깔이 의외로 어울린다고 생각하거든. 무늬는 모던 계열 같은 게 좋다고 생각해서…… 자, 이거라든지."

"어, 어어."

"이오리 군은 이런 어두운 바탕에 화려한 분위라든지 어떨까? 아니면 이렇게 조금 귀여운 게 맞는다고 생각해. 이 것도…… 자, 이것도."

"그, 그런가."

허둥대는 하야토와 이오리.

하지만 카즈키는 눈을 반짝반짝 빛내고 있었다.

틀림없이 쇼핑을 좋아하는 것이리라.

사실 건네받은 유카타는 어느 것이든 센스 좋게 느껴졌다. 하야토 혼자서 봤다면 틀림없이 찾지 못할 것들이었다.

그것은 이오리도 마찬가지인지, 카즈키가 골라준 유카타

에 신음하며 어느 옷으로 할지 고르기 시작했다.

"그러네, 모처럼 찾아줬으니까 이 중에서 골라볼게."

"나도 그렇게 할게. 땡큐, 카즈키."

"천만에요."

두 사람이 감사의 말을 건네자 카즈키는 휴우, 한숨을 흘리고 그것을 본 하야토도 쓴웃음을 흘렸다.

"그래서, 그러는 카즈키는 뭐로 할 거야?"

그러자 카즈키는 곤란하다는 듯 미간을 찌푸렸다.

"사실은 그게 고민이라서. 심플하게 무난히, 시크하고 차분한 느낌, 조금 개성적인 걸로 공략하기…… 그런 방향성도 아직 못 정했어. 하야토 군은 어떤 게 좋을 것 같아?"

"……어렵네."

단순히 신경이 쓰였으니까 물어봤을 뿐인데, 꾸미는 쪽으론 경험치가 압도적으로 부족한 하야토가 대답할 수 있을 리도 없었다. 게다가 카즈키라면 어떤 옷이라도 소화해낼 것이다.

하지만 카즈키가 자기 것을 먼저 골라줬는데, 막상 자기는 솔직히 뭐든 괜찮다고 대답할 수도 없었다.

서로 곤란하다는 표정으로 마주 보다가 묘한 기시감을 느꼈다.

퍼뜩 그 정체를 떠올린 하야토는 아아, 납득하며 그걸 훌쩍 입에 담았다.

"아, 카즈키는 이런 부분이 히메코 같구나."

"어?! 그, 그런가?"

"집에서 자주 이런 대화를 나누거든."

"호, 호오……."

놀라서 어딘가 동요하는 카즈키.

그 모습을 보고 역시나 동성 친구를 여동생이랑 비슷하게 취급하는 발언은 문제였나 생각한 하야토는 겸연쩍은 얼굴로 머리를 긁적였다.

무언가 보탤 말을 찾는 사이, 이오리가 곤란하다는 듯 끼어들었다.

"저기, 잠깐 괜찮을까? 이건 에마가 고를 법한 옷이랑 맞추는 편이 나을까?"

"응, 그럴 것 같은데."

"그런가. 에마니까 차분한 색깔로 고를 것 같으니, 여기 어두운 바탕으로 하자. 무늬가 화려한 건 또 재미있을 것 같으니까 괜찮을 테고."

이오리는 헤헷, 만족스러운 미소를 짓고 자기 유카타를 골랐다.

그리고 하야토는 조금 감탄한 듯 말했다.

"이오리, 이사미 취향을 잘 파악하고 있구나."

"이러니저러니 해도 오래 봤잖아. 오늘 옷도 그걸 의식했다고. 하야토도 니카이도가 고를 법한 걸 알 수 있잖아?"

"……하루키는, 금세 이상한 장난을 하거나 놀라게 만들어주자는 방향으로 가버리니까, 어떤 걸 고를지 전혀 상상이 안 가."

하야토가 어깨를 으쓱이자 두 사람은 아하하, 웃음을 터뜨렸다.

한바탕 웃은 뒤에 카즈키가 질문을 던졌다.

"그럼 히메코라면 어떤 걸 고를 거 같아?"

"그러게, 유행하는 걸 따라가니까 걔 것도 전혀 모르겠어. 다만 최근에는 조금 어른스러워 보이는 걸 고르는 경향이 있는 것 같은데? 그, 시골뜨기로 여겨지는 게 싫은 모양이라서."

"응…… 그렇구나."

동생의 안타까운 부분을 이야기해서 웃음을 이끌어 낼 생각이었는데, 카즈키는 턱에 손을 대고서 생각에 잠긴 표정을 지었다.

"난 다른 걸 찾아올게."

"어, 야 카즈키?"

그러더니 카즈키는 가게 안쪽으로 사라졌다.

어딘가 허를 찔린 모습으로 그의 뒷모습을 지켜보는데, 어느샌가 계산을 마친 이오리가 말을 걸었다.

"그래서 하야토는 어떤 걸로 할 거야?"

"으~음, 뭐로 할까……."

실제로 어떤 옷이든 우열을 가리기 힘들었다.

그리고 이오리처럼 결정에 도움이 될 거리도 없었다.

미간에 주름을 지으며 번갈아 보기를 잠시. 어떤 사실을 깨달았다.

"좋아, 이걸로 하자."

"어, 그거?"

"응, 가격이 가장 싸니까."

무척 진지한 목소리로 이유를 이야기하자 이오리는 한순간 눈을 끔벅거리고, 이내 크게 웃음을 터뜨렸다.

"……풉, 아하하하하하하핫! 정말로 하야토답네."

"시끄러―!"

◇ ◇ ◇

사키의 눈으로 봐도 전시장 안은 그저 화려하다는 말만 나올 뿐이었다.

천자만홍(千紫萬紅), 백화요란(百花繚乱), 우열을 가리기 힘들 정도.

시야 가득 전시되어 있는 각양각색의 유카타들은 마치 선명하게 피어난 꽃 같아서.

사키와 히메코는 그런 매력적인 꽃에 이끌리는 나비처럼 여기저기로 날아다니고 유카타를 음미했다.

참고로 너무나도 판매장이 광대해서 중학생 팀과 고등학생 팀으로 나누어서 고르기로 했다.

"사키, 이거 어때?"

"와, 와, 이것도 귀엽네~. 조금 지나치게 달달한 느낌이지만, 오늘 같은 헤어스타일엔는 어울릴지도~?"

"그리고, 이쪽은 어때?!"

"으으음, 꽤나 화려한 느낌인데…… 축제에 가는 건 저녁이라 주변도 좀 어두울 테니까, 이 정도라도 괜찮을지도?"

"아! 저것도 맞을 거 같아!"

"무척 기발한 디자인이지만 도전하는 것도…… 축제니까…… 고민되네……."

"아핫, 오늘 사키는 이제까지랑 이미지가 다르니까, 다양한 걸 팍팍 조합하고 싶어진단 말이지ー. 일단 그것도 후보에 넣어둘까?"

"아핫, 그러네~."

평소보다 들뜬 히메코에게서 유카타를 받아들고 발밑의 바구니에 넣었다. 그리고 또 하나의 바구니가 후보 유카타로 가득 찼다. 이것으로 세 번째, 전부 사키용으로 히메코가 함께 고른 것이었다.

사키는 아무리 그래도 너무 많은데, 하고 쓴웃음을 흘렸다.

"후보도 꽤 쌓였네~."

"확실히 슬슬 좀 좁혀도 될지도."

어느 옷이든 괜찮은 디자인이 많았다.

이래저래 눈이 가고 마는 것은 확실하지만, 전부 다 살 수도 없다. 여기서 하나 고르는 것도 무척 힘들어 보였다.

그때 문득 깨달았다.

"그러고 보니 히메 거ーー."

"아! 저기 있는 것도 괜찮은 느낌이야!"

"──아."

사키가 무언가 말하려고 해도, 또다시 무언가 심금을 울리는 것을 발견한 히메코는 쏜살같이 다른 가게 구역으로 빨려 들어갔다.

사키도 쫓아가려고 했지만 발밑에 놓인 세 바구니를 보고, 아무리 그래도 놓아두고 갈 수는 없다며 이 자리에 머무르기로 했다.

그리고 근처에서 발견한 전신거울로 총총히 이동해서 이것저것 유카타를 자신에게 대어봤다.

"후후, 다른 사람 같아."

파스텔컬러가 인상적인, 천진난만함을 강조하는 우아한 브랜드 제품. 커다란 피안화를 보란 듯이 강조하여 장식한, 밝은 색상의 걸 브랜드 제품. 손에 들고 있는 옷들의 디자인은 모두 이제까지의 자신이라면 고르려고 하지도 않았을 것들이었다. 자신과는 인연이 없는 곳이라고 생각했지만 이렇게 보니 이런 것도 나쁘지 않았다.

그 밖에도 이것저것 시도해봤다.

그럴 때마다 전신거울에 비치는 여자아이는, 츠키노세에 있던 수수한 사키와 다르게 어떤 모습이든 화사하고 귀여워서 본인이라는 실감이 부족했다. 마치 거울 너머로 다른 누군가를 보는 것 같다는 착각을 느꼈다.

하야토의 반응은 어떨까, 떠올려봤다.

다행히도 오늘 모습에는 놀라준 것 같았다.

하지만 과연 마음에 드는지는 또 다른 이야기다. 이 모습도 나쁘지는 않다고 생각하지만, 기왕이면 그의 취향에 맞추고 싶었다.

"……오빠는 그런 것에 흥미가, 그렇다기보다 의식 자체가 없었던 모양이네."

툭하니 중얼거리고 곤란하다는 듯 미간을 찌푸렸다.

물론 이제까지의 자신이 싫었느냐고 묻는다면 그렇지 않았다. 선택지의 폭, 세계가 넓어졌다고 말하는 편이 적절할 것이다. 그래서 그만큼 무엇으로 고를지가 힘들었다.

문득 어느 여자아이가 뇌리에 스쳤다.

이 모든 것이 그때 **그녀**에게 이것저것 조언을 받은 덕분일 것이다.

틀림없이 이래저래 자기 개혁을 한 그녀이니까, 지금의 상황을 상담한다면 무언가 좋은 방안을 줄 것이다.

또 그때의 감사도 전하고 싶고, 그 밖에도 좋아하는 사람에 대해서 이야기도 나누고 싶다. 마치 자신의 거울처럼 느낀 그녀가 눈꺼풀에 강하게 새겨져 있었다.

하지만 그녀와의 만남은 우연이었다.

한 번 더 만난다면, 그 확률은 어느 정도일까.

"──아."

그래서 문득 그녀 같은 아이가 두리번두리번 누군가를 찾듯이 앞을 가로질렀을 때, 믿을 수 없다는 목소리가 새어 나왔다.

너무나도 닮았다.

하지만 그녀가 아닐지도 모른다.

애당초 아주 조금 대화를 나누었을 뿐.

수수한 자신 따위는 잊어버렸다고 생각하는 것이 당연하다.

소극적인 사키가 거의 일면식도 없는 상대에게 말을 건넨다니, 이제까지는 생각해본 적도 없었다.

그럼에도 충동적으로 몸이 움직여버렸다.

"저, 저기!"

"어?! 으음……?"

갑자기 말을 건네자 그녀는 움찔 어깨를 떨며 돌아보고 곤혹스러운 시선을 향했다. 무심코 사람을 잘못 봤을지도, 하고 약해지는 마음에 수치가 배어나왔다.

하지만 틀렸다면 그저 사과하면 그만이다. 복부에 힘을 주고 허둥지둥하면서도 계속 말했다.

이런 일을 하는 것은 틀림없이 자신이 평소와 다른 모습이기 때문이리라.

"저기, 이전에, 시티에서, 옷이랑 헤어스타일, 저한테 가르쳐줘서…… 기억하나요……?!"

"……허?"

처음에는 의아하다는 듯 미간을 찡그리고 고개를 갸웃거리던 그녀는, 사키가 머리카락을 풀고 양손으로 땋아 내린 모양을 만들듯이 붙잡자 점점 눈을 크게 뜨며 깜박거리고 입을 떡 벌렸다.

"요, 요전에는 이것저것 가르쳐주셔서 그, 열심히 해봤어요……!"

"……아, 그때! 와, 굉장해…… 전혀 몰라봤어요!"

"에헤헤, 저도 제가 저 자신이 아닌 것 같아요. 그게, 그때는 감사했습니다!"

사키는 재빨리 머리카락을 되돌리며 꾸벅 머리를 숙였다.

"아뇨, 고개 들어요! 제가 한 일이야 정말로 그저 참견일 뿐이라…… 제대로 행동으로 옮긴 당신이 훨씬 대단해요!"

그러면서 그녀는 조금 쓸쓸한 듯 속눈썹을 내리깔았다.

"그래도! 저기, 오늘 이 복장, 놀라게 만들 수 있었던 건, 당신 덕분이니까요!"

"아, 좋아하는 사람……."

"아, 예."

사키는 수줍게 뺨을 붉히며 고개를 끄덕였다.

그녀도 머뭇머뭇 입을 움직이고, 참으로 애절한 표정을 지었다.

"……"

"……"

살짝 간질간질한 분위기가 흘렀다.

흘끗흘끗 서로의 모습을 살피고 말을 찾기를 잠시.

""저, 저기!""

갑자기 목소리가 겹치고 서로 바라봤다.

"쿡."

"후훗."

그리고 누가 먼저라고 할 것도 없이 웃음을 터뜨렸다.

"다시 한번 만날 수 있어서 다행이에요. 그것 말고도 이것 저것 이야길 나누고 싶었는데, 이름도 몰라서…… 아, 무라 오예요. 촌락의 촌(村)에 꼬리의 미(尾)를 써서 무라오(村尾) 라고 해요."

"아, 사토예요. 지극히 평범한, 그 사토. ……그게, 오늘 은 유카타를?"

"예. 다음에 다 같이 축제에 가기로 해서요. 하지만 어떤 걸 고르면 좋을지 알 수가 없어서……."

"그렇군요, 그랬나요……."

그러면서 그녀는 고개를 끄덕이고 사키의 전신을 주의 깊 게 빤히 관찰하며 입가에 손을 댔다.

이윽고 "음" 하는 목소리를 울린 그녀가 무척 진지한 표 정을 짓고, 무거운 목소리로 조금 주저하듯 물었다.

"참고로 그게, 좋아하는 사람은 어떤 사람인가요?"

"어떤……?"

"외모라든지, 어떤 관계라든지…… 상대의 취향 같은 게 알고 싶어서요. 같은 학교 사람인지, 연상이라든지 연하라 든지, 전혀 모르니까요."

"……아."

113

들고 보니 당연했다.

사키도 그녀가 좋아하는 사람이 어떤 사람인지 모른다. 그러니까 혹시 그녀가 좋아하는 사람에 대한 일로 상담을 청하더라도 무난한 소리밖에 못 할 것이다.

"히메의…… 아니지, 소꿉친구의 오빠예요."

"친구의, 오빠……?"

"예. 외모는 전날의 저처럼 그렇게 세련되지는 않다고 할까, 좋게 말하면 순박한 느낌인데요…… 아하하, 둘 다 시골에서 도시로 막 나왔으니까요."

"그렇구나……."

그렇다, 이제까지 있던 가깝고도 먼 장소에서 한 걸음 앞으로 나와서, 제대로 옆으로 오는 데는 성공했다고 생각한다.

자신이 여자아이임을 의식하고 마음을 줬으면 좋겠지만, 이곳에는 하루키도 히메코도 있다. 무엇보다도 이제까지 그에게 계속 동생의 친구였으니 앞길이 험난할 것이다.

그렇기에 그녀에게 조력을 청하고 싶었다.

그리고 그녀는 화사하게 웃었다.

"계속 가까운 곳에 있었군요? 그렇다면 이제까지의 이미지를 이용해 버릴까요."

"이제까지의 이미지를 이용……?"

"예. 계속 가까이 있었다면 이미지가 고정되어 있을 거라 생각하거든요. 그러니까 이제까지와 같은 것 같으면서 다른 느낌으로 고른다면, 놀라서 의식하지 않을까 해서요. 참고로 하는 말인데, 자주 즐겨 입던 색깔 같은 건 있나요?"

"그게, 빨강이랑 하양…… 그렇다고 할까 무녀 옷, 이에요."

"……무녀 옷?"

"그게, 저, 시골 신사의 무녀라서."

"무녀?"

"저기, 이거요."

"아! 이건……."

무녀라는 익숙하지 않은 단어에 고개를 갸웃거리는 그녀에게, 스마트폰에 있는 평상복으로 사용할 때나 축제 때의 사진을 보여줬다.

그러자 그녀는 점점 눈을 동그랗게 뜨고, "무녀…… 무녀님이란 게 정말로 있구나……"라며 중얼거리더니 스마트폰 화면과 사키를 번갈아서 쳐다봤다. 그리고 눈매가 슥 가늘어지는가 싶더니 발밑에 있는 바구니를 뒤지고, 어떤 유카타를 사키에게 건넸다.

"이게 어떨까요? 이제까지의 이미지와—— 헤어스타일도 거기에 맞춰서——."

"아, 그렇군요! 그렇다면 띠는——."

그리고 얼굴을 마주하고서 작전 회의.

구체적인 예시도 함께 언급하는 그녀의 설명은 적절해서, 그야말로 눈이 확 뜨였다.

사키는 감격한 나머지 그만 그녀의 손을 붙잡았다.

"굉장해, 굉장해요! 이거라면 틀림없이 이제까지의 제 이미지를 뒤집을 수 있을 거예요!"

"후훗, 잘되기를 저도 응원할게요. ……아, 그렇지. 연락처 교환하지 않을래요? 혹시 그 유카타와 관련해서 할 이야기가 있다면, 가벼운 마음으로 연락해요."

"그래도 되나요?!"

"예, 물론이에요."

"꼭 부탁드릴게요! 저기, 아마 이렇게……."

그리고 사키는 그다지 익숙하지 않은 손놀림으로 스마트폰을 조작하고 ID 등을 교환하자, 몇 없는 연락처에 사토 아이리라는 글자가 추가되었다.

참으로 신기한 기분이었다. 그녀는 이웃이나 같은 학교 사람도 아니다. 마음이 둥실둥실 떠오르는 것을 느꼈다. 도시에서 오가는 사람들은 다들 타인에게 무관심한 모습만을 보았기에, 더더욱.

그리고 사키는 싱긋 미소를 짓고, 다시 한번 스마트폰 화면에 있는 그녀의 이름—— 사토 아이리를 보고는 무언가가 걸렸다.

"저기, 이 이름——."

"야—. 사키—!"

"히메!"

"어라, 그 사람은 누구…… 응?"

그때, 히메코가 돌아왔다.

사키와 친해 보이던 그녀에게 흥미진진한 모양이라, 눈을 반짝반짝 빛내며 주위를 빙글빙글 돌고 관찰 중이다. 그리고 점점 몸의 움직임이 딱딱해졌다.

"저기, 이분은 사토 씨."

"아, 안녕하세요. 사토예요."

"……어."

그리고 사키가 그녀를 소개하자 히메코는 표정이 싹 굳어졌다. 그리고 믿을 수 없다는 듯 눈을 크게 떴다.

버릇없게도 히메코가 무언가를 확인하듯 마치 핥는 것 같은 시선을 빤히 던지자, 그녀도 불편한 듯 몸을 움츠렸다.

그리고 그녀는 퍼뜩 무언가를 깨달은 것처럼 목소리를 높였다.

"아, 그렇지! 혹시 긴 흑발에 귀여운 애랑은 같이 안 왔나요? 그, 요전에도 도와줬던."

"예? 하루키 씨 얘긴가…… 예, 와 있어요."

"저, 저랑 제 선배가 그 아이랑 만나보고 싶은데. 도움을 받고서 아무 말도 안 했으니까 그게……."

"……아아."

그 주정뱅이한테 붙잡혔을 때, 가장 먼저 달려와 준 것이 하루키였다. 그녀가 하루키에게도 감사를 하고 싶다는 것은 지극히 당연하리라.

그래서 사키는 쾌히 승낙하려고—— 했을 때였다. 갑자기 히메코가 크게 입을 열었다.

"호, 혹시 사토 아——."

『『『꺄━━━━━━━━악!』』』

그리고 갑자기, 어디선지 땅을 뒤흔들 정도의 환호성이 들려왔다.

한편 그보다 조금 전.

하루키는 에마와 함께, 시야 가득 유카타로 둘러싸인 휘황찬란한 바다를 여기저기로 떠돌고 있었다. 너무나도 각양각색, 천차만별한 유카타를 보고 어느 것을 고르면 좋을지 빠져버릴 것만 같았다.

어느 유카타든 좋아 보였다. 이 중에서 최적의 유카타를 하나 고른다니, 대양에 오도카니 표류 중인 편지가 든 유리병을 발견하는 것보다도 어려우리라.

'교복은 아무것도 생각할 필요가 없으니까 편한데.'

쿡쿡 자조의 웃음이 새어 나왔다.

하야토와 재회한 뒤 히메코에게 혼이 나서 최근에는 입는 것에 신경을 쓰게 되었다. 반응도 나쁘지 않았다.

하지만 하루키에게, 꾸밀 때의 선택 기준은 하야토를 놀라게 만들어서 놀릴 수 있을지가 큰 비중을 차지했다.

그것과 딱히 상관이 없는 평상복은, 오늘 복장도 그렇고 좋게 말하면 캐주얼, 기탄없이 말하면 개성 없이 무난한 것이었다.

딱히 이랬으면 좋겠다고 그리는 이상적인 자신의 모습이 없는 것이었다. ······사키와 달리. 굳이 말하자면 **착한 아이**, 일까?

하루키는 작게 고개를 내젓고, 시야에 들어오는 다양한 종류의 유카타를 모조리 입고 있는 모습을 상상한 뒤 머릿속에서 하야토에게 감상을 받아봤다. 그러자 어느 옷이든 괜찮지 않느냐는 대답이 돌아왔다. 실제로 있을 법한 광경이었다.

하루키의 얼굴이, 마치 하야토가 저녁에 뭘 먹고 싶으냐고 물었을 때에 뭐든 괜찮다고 대답했을 때와 같은 곤란한 표정이 되었다.

'구체적으로 어떤 건지 요구를 받는 게 편할 텐데.'

하아, 크게 한숨을 내쉬었다. 그리고 옆에서 유카타를 음미하는 에마를 봤다.

무척 진지한 모습이었다. 심지어 말을 건네는 것도 주저될 만큼.

잠시 가만히 보고 있었더니 조금 전부터 에마가 손에 든 유카타가 시크하고 차분한 것이나 몹시 화려한 것, 양극단으로 편중되어 있다는 것을 깨달았다.

시크하고 차분한 분위기인 쪽은 쉽게 이해할 수 있었다. 늘씬하니 키가 큰 에마를 어른스럽게 연출해줄 것이다.

반면에 화려한 쪽은 확실히 에마에게도 어울릴지도 모른
다. 하지만 어깻죽지가 드러나거나, 미니스커트 형태이거
나, 색상만이 아니라 디자인적으로도 선정적이라서 뭐라고
할까, 평소의 **그녀답지** 않았다.

　하루키가 미간을 찌푸리며 의문을 얼굴에 드러내고 있었
더니, 그것을 알아차린 에마가 부끄러운 듯 뺨을 붉히고 조
금 망설이면서도 말을 꺼냈다.

　"그게, 이오리는 이런 걸 좋아하는 모양이니까."

　"그렇구나."

　"기왕이면 이오리 취향인 걸 입고서 가고 싶다는 기분은
있지만, 아무리 그래도 이런 건 너무 화려하다고 할까, 코
스프레 같아서 다 같이 있으면 붕 떠버릴까 싶어."

　"아하하, 확실히."

　하루키와 에마는 곤란하다는 표정으로 마주 보며 쓴웃음
을 흘렸다.

　솔직히 이런 화려한 디자인의 유카타를 입고 간다니, 평
소 이미지의 그녀라면 생각도 하지 않았을 것이다. 이렇게
나 망설인다는 것은 그만큼 남자친구인 이오리가 기뻐해주
기를 바라기 때문임에 틀림없었다.

　지금도 "으으음……" 하고 미간을 찡그리며 신음을 흘리
는 그녀를 보고 있으면 조금 부럽다는 생각조차 들었다.

　그때, 조금 전의 대화에서 나온 코스프레라는 단어에서
갑자기 번뜩이는 것이 있어서 "아!" 하고 소리 높였다.

"그럼 그 화려한 쪽은, 집이라든지 단둘이 있을 때만 입고 서 보여주면?"

"어어?!"

"주변의 시선이 신경 쓰인다면, 없는 곳에서 해. 자, 이거 봐."

"……와!"

하루키가 스마트폰을 꺼내어 화면을 보여주자 에마는 감탄을 터뜨렸다.

그곳에 있는 것은 전날 하야토네 집에서 파자마 파티를 했을 때의 코스프레 모습. 하루키만이 아니라 사키랑 히메코도 있었다. 그리고 고양이 귀를 단 하야토를 본 에마는 그만 푸읍, 웃음을 터뜨릴 뻔했다.

도저히 밖을 돌아다닐 수 있을 복장이 아니다. 집 안이니까 입었고, 그래서 무척 기분이 고양되었던 것을 잘 기억하고 있다.

그때 일을 다시금 떠올린 하루키는 그것 봐, 하듯 미소 지었다.

"그렇지?"

"……으, 응. 하지만……."

"하지만?"

그러나 에마는 처음에 점점 눈을 크게 떴지만, 그 후에는 이상하게 머뭇거렸다. 그 반응은 좋지 않았다. 얼굴을 붉히고, "아—"라든지 "으—"라든지 모음을 입 안에서 굴릴 뿐.

하루키는 그렇게 이상한 소리를 했나 싶어서 곤혹스러워하는데, 이윽고 에마가 머뭇머뭇 입을 열었다.

"이 디자인은, 그게, 피부 노출이 굉장하다고 할까…… 야하잖아?"

"어, 응. 남자한테 인기 있을 것 같은데."

"그게, 혹시 이오리가 흥분해서, 그런 분위기가 된다면…… 어쩌지?"

"어, 아─, 응…… 응………… 미얏?!"

이번에는 하루키의 얼굴이 순식간에 새빨갛게 물들었다. 하루키 입장에선 생각 못 해본 일이지만 에마에게는 지당한 걱정이었다.

게다가 두 사람은 정식으로 사귀는 사이다. 천천히 관계를 가꾸고 있는 도중이라고 해도, 연인 사이. 조성된 분위기에 따라서는 단숨에 **그런 일**에 다다를 가능성이 없다고 단언할 수 없다고 할까, 오히려 무척 높다. 게다가 사귀다 보면 언젠가 지나갈 길이기도 하고, 빠르냐 늦으냐의 차이이기도 했다.

지금도 에마는 "내가 먼저 유혹했다고 경박하게 여겨지진 않을까?" "혹시 그렇게 되었을 때를 위해 마음의 준비 이외에도 이것저것 미리 해야 할까?"라고, 생생한 두 사람의 관계를 연상하게 만드는 말을 중얼거려서는 하루키의 사고가 확 끓어오르게 만들었다.

이대로라면 머리가 익어버릴 것 같아서 억지로 화제를 끊었다.

"그, 그렇게 보여줄 방법도 있다는 걸로! 알겠지?!"

"아! 그, 그러네! 그러니까 그런 방법이 있다는 걸로 후보에 넣어둘게!"

"후훗!"

"아핫!"

명백했지만, 마침 잘됐다며 에마도 따라왔다.

그리고 에마도 다른 화제를 던졌다.

"그러고 보니 하루키, 유카타 안 골라?"

"으—응, 아까부터 이것저것 보고는 있는데, 딱 와 닿는 게 없어서."

"아—, 잔뜩 있으니까 말이지."

"그것도 그런데, 난 이제까지 옷 같은 것에 크게 관심이 없었거든. 그러니까 이렇다 할 취향을 스스로도 잘 알 수가 없어서……."

"그렇구나…… 그럼, 키리시마 군이 좋아할 법한 거라든지……."

"으—음……."

일단 그쪽으로고 생각해보고는 있었다.

이제까지 다양한 타입의 옷을 보여주었지만 놀라게 만들거나 놀리는 것에 성공하기는 했어도 그 이상은 없어서, 하야토의 취향이 어떤 것인지 잘 알 수가 없었다.

하루키는 애매한 미소를 지으며 미간을 찡그리고, 고개를 가로저어 에마에게 대답했다.

곤란하다는 표정으로 마주 보기를 잠시.

으—음, 생각에 잠겨 있던 에마가 문득 물었다.

"초심으로 돌아가 본다면 어떨까?"

"초심?"

"예를 들어서 처음 만난 어릴 적, 처음으로 이런 축제에 갔다면 어떤 기분으로 고를까 해서."

"…………아."

무언가가 뇌리에 번뜩였다.

그리고 상상해봤다.

어릴 적, 츠키노세에 있었을 때.

만약 이번 같은 축제가 있어서 저녁에 만나기로 했다고 하자. 그때의 자신── **하루키**라면 대체 어떤 옷을 고를까?

그리고 지금의 자신이 다양한 유카타를 입어보는 모습을 떠올리자, 금세 **하루키**가 퇴짜를 놓았다. 쿡쿡 웃음이 새어 나왔다.

"고마워, 에마. 어떻게든 될지도."

"후훗, 천만에요."

"좋아, 그럼 열심히 고르기로 할까—! ……응?"

"그러네…… 어라?"

마음을 다잡고 유카타 쪽으로 시선을 향했을 때였다. 이상하게 주위가 술렁이고, 그 의식이 이쪽으로 향하는 것을 깨달았다.

명백하게 주목을 모으고 있었다. 행사장에는 이만큼 사람이 모여 있으니 소란스러운 것은 당연하다.

하지만 하루키도 에마도 빼어난 용모를 가지고 있다고는 하지만 어디까지나 평범한 고등학생. 이렇게까지 관심이 쏟아지는 이유는 알 수 없었다.

무언가 꺼림칙했다. 미간을 찡그리고서 에마를 본 뒤 이 자리를 빨리 벗어나자고 함께 고개를 끄덕였다.

그러나 그때, 갑자기 어깨를 붙들렸다.

"야호—."

"읏?!" "어?!"

몹시 친근하게 말이 날아들었다. 무심코 돌아보고, 그리고 표정이 싹 굳었다, 굳어버렸다.

그곳에 있던 것은 명백하게 수상하다고 할 수밖에 없는 여자.

나이는 같거나 조금 위일까? 머리카락을 챙이 달린 모자 안으로 정리하고, 콧수염이 달린 장난감 코안경을 쓰고 있었다. 그런 주제에 화려한 원 오프 숄더에서 엿보이는 어깨나 핫팬츠에서 뻗은 늘씬한 다리는 예술품처럼 균형이 잡혀 있어서, 참으로 뒤죽박죽인 데다 이 자리와는 너무나도 어울리지 않는다는 느낌이었다. 어딜 봐도 변장 중인 수상한 사람이었다.

그렇구나, 이렇게나 이상한 사람이 있다면 주목을 모으는 것도 무리도 아니다. 눈에 띄지 않는 것이 더 어렵다.

그리고 물론 하루키의 지인 중에 해당될 법한 사람은 없다.

"에마, 아는 사람이야?"

혹시 몰라서 에마에게 물어봤지만 절레절레, 기세 좋게 고개를 가로저을 뿐. 서로 곤혹스러울 따름이지만 단단히 어깨를 붙잡고 있어서 무시할 수도 없었다.

하루키는 크게 한숨을 내쉬며 머뭇머뭇 물었다.

"저기, 처음 보는 사이죠?"

"응, 그러네."

"그게, 저한테 무슨……?"

"미아가 됐어."

"미아?"

"가끔씩 자주 그래. 곤란하네."

그녀는 곤란하다는 목소리를 흘렸다. 가끔인지 자주인지 딴죽을 걸고 싶은 참이지만, 아무래도 그녀 나름대로 곤란한 상황임은 알 수 있었다.

"저기, 일행이랑 떨어졌어? 누구랑 같이 있었어?"

"응―, 마마랑."

"……마마?"

"그래 봐야 연하지만."

"연하냐!"

"응, 시끄럽고 참견쟁이지만 의지가 된다고?"

"연상처럼 좀 굴지?!"

"어어…… 아, 파파하고도 같이 왔어."

"……혹시 파파도 연하?"

"어, 아니야. 꽤나 연상인 사회인. 여자한테 말을 거는 게 밥벌이야."

"표현이 왜 그래! 아니 그건, 여기 가게에 있는 사람도 해당되잖아?!"

"오—, 그것도 그러네."

그녀는 짝짝 손뼉을 쳤다.

무심코 큰 목소리로 딴죽을 걸고 말았다. 손뼉을 치는 소리에 정신을 차린 하루키는 큰 목소리를 냈다는 사실을 깨닫고 얼굴을 붉혔다. 그리고 어흠 헛기침.

"……어쨌든 스마트폰으로 그 파파나 마마한테 연락을 취하면 합류할 수 있잖아?"

"! 천재!"

"아니, 냉정하게 생각하면 누구든 알지!"

"달리 찾고 있는 사람이 있다 보니 정신이 없어서, 그걸 깨닫지 못했어. 여보세요—."

그녀는 스마트폰을 꺼내고 어디론가 연락했다. 아무래도 마이페이스인 아이였다. 아픈 관자놀이에 손을 댔다. 에마도 수고했다며 쓴웃음을 향했다.

참으로 신기하고, 그리고 피곤한 상대였다.

하지만 묘하게 밉지 않은 것은 그녀의 매력일까 카리스마일까.

"파파랑 연락 됐어. 덕분에 살았어. 고마워."

"천만에요. 다음에는 또 혼자 떨어지면 안 된다?"

"그건 승복하기 어렵네."

"야!"

"후훗, 그 딴죽, **마마** 같아."

그러면서 그녀는 몸을 앞으로 숙이고 어깨를 흔들며 하루키를 쳐다봤다.

그리고 잠시 하루키를 관찰한 뒤, 팔짱을 끼고서 응응 끄덕였다.

"응, 합격."

"허?"

"사실은 긴 흑발의 귀여운 여자애를 찾고 있었어. 너는 굉장히 귀엽고 딴죽도 잘 거네."

"어, 어어…… 천만에요?"

"하지만 너, 정말로 내가 찾던 긴 흑발의 귀여운 여자애야?"

"내가 어떻게 알아!"

"아, 지금 그거 고득점! 나이스 태클, 재미있는 여자네."

"당신한테 듣고 싶지 않거든요!"

"아핫!"

그녀는 쿡쿡 웃으며 엄지를 척 세웠다.

하루키의 페이스를 무너뜨리는 상대라, 참으로 기시감을 느꼈다.

"하지만, 그 상대가 너였다면 좋겠어."

"어?"

"이래저래 상대해줘서, 고마── 아."

그리고 그녀가 꾸벅 머리를 숙인 순간, 그 바람에 모자와 코안경이 바닥으로 떨어졌다.

어안이 벙벙해진 그녀가 머리를 들자 맨얼굴이 드러났다.

무심코 숨을 삼킬 정도의, 예쁘고 화려한 여자였다.

하루키만이 아니라 에마도, 그리고 이쪽으로 시선을 향하고 있는 주위도 마찬가지로 말을 잃고, 이 자리를 뻥 뚫린 공동 같은 침묵이 퍼지고, 지배했다. 그것은 그야말로 폭풍 전야였다.

찌릿찌릿한 분위기 가운데, 그녀는 "에헷" 하며 혀끝을 내밀고 한 손으로 자기 머리를 딱 때렸다.

어디까지나 마이페이스인 그녀에게 무언가 걸리는 것을 느꼈다.

그것이 무엇인지를 깊이 생각하기 전에, 새된 환호성이 하루키의 사고를 단절했다.

"""""꺄아아아아아아아아아아아아아아──!!!?!!?!??"""""

무심코 한쪽 눈을 감고 귀를 막았을 정도의 갈채가 온몸을 때리고, 몸을 웅크리게 만들어버렸다. 그 이유도 들렸다. 눈앞의 그녀도 놀라서 움찔 어깨를 떨었다. 예상 밖이라 그러고 싶은 표정이었다.

"MOMO?! 말도 안 돼, 저거 MOMO지?!"

"엄청 예쁘다, 다리 길이 쩔어!"

"실물이 더 예쁘다니 반칙이잖아!"

"왜 여깄지?!"

"뭔가 이벤트 아냐?! 원래 복장도 시선 끄는 거였잖아!"

MOMO.

패션 잡지를 보기 시작한 하루키도 아는, 한창 유명한 인기 모델 중 하나.

이렇게 보니 화사하고 단정한 생김새, 하루키보다 훨씬 큰 키, 굴곡이 확실한 몸매. 그렇구나, 인기가 있는 것도 알수 있었다.

갑작스러운 그녀의 등장에 주위는 곤혹스러워하면서도 지금부터 무슨 일이 벌어지는지 술렁이고 기대감을 부풀렸다. 에마도 "어, MOMO?! 세상에, 어떻게, 무슨 일이 시작되는 거야?!"라며 기대하고 있었다.

그 소용돌이 안의 그녀는 허둥지둥하는가 싶더니 "후우" 하고 작게 숨을 내쉬었다. 그리고 한순간, 그녀가 두른 분위기가 확 바뀌었다. 갑작스러운 일이었다. 그녀는 한 손을 입에 대고, 다른 한 손을 크게 들고서 목소리를 높였다.

"다들―, 오늘은 내가 광고했던 바겐 세일에 와줘서 고마워―."

그녀의 묘하게 느슨한, 하지만 잘 울리는 목소리가 주변의 소란을 찢어발겼다.

그리고 찾아온 한순간의 적막.

한 박자 늦게 터지는 대함성.

"윽?!"

지금 이 순간, 그녀가 이 자리를 지배한 것을 알 수 있었다.

그녀는 몸을 빙글 돌려 하루키를 마주 보고, 몸을 쑥 들이대고는 얼굴을 들여다봤다.

"너도, 오늘은 유카타 사러 왔어?"

"어, 어어 뭐."

"내 광고 보고?"

"응, 그래서 다 같이 가을 축제에 맞춰서 사러 왔어."

"기뻐—!"

마치 인터뷰 느낌의 팬 서비스 같았다.

거리가 가까워서 만약 그녀의 팬이라면 기절했을지도 모른다. 실제로 에마의 얼굴도 흥분으로 덧칠되어 있었다.

하지만 바로 앞에 있었기에, 그녀가 조금 전의 말과는 달리 시선이 몹시 이리저리 헤매며 초조해한다는 것도 알 수 있었다.

살짝 냉정을 되찾은 하루키는 한숨과 함께 그녀를 빤히 바라봤다. 그러자 그녀는 쓴웃음을 한 번, 몸을 쑥 들이대고 귓속말을 했다.

"이제부터 어쩌지?"

"아무 생각도 없었던 건가요?"

"애당초 변장을 했으니 들킨다는 생각이 없었으니까."

"아니아니아니, 그건 변장이 아니라 가장이죠."

"…………오오!"

"오오, 가 아니라!"

또 돌변한 그녀가 우습다는 듯 쿡쿡 웃었다.

하루키는 이마에 손을 대고 한숨을 내쉬었다. 조금 전부터 계속 그녀에게 휘둘리고만 있다.

그리고 그때, 그녀를 향해 한층 더 크게 말을 건네는 목소리가 있었다.

"MOMO 씨, 준비가 됐습니다!"

준비라니? 하루키만이 아니라 그녀도 뜻밖의 말이라는 듯 고개를 갸웃거렸지만, 목소리가 들린 쪽으로 시선을 향하더니 "아!" 하고 목소리를 높였다.

"지금 갈게ㅡ."

그녀는 손을 들어 목소리에 응했다.

의지할 수 있는 지인, 혹은 스태프인가? 그녀의 얼굴이 안도로 풀어졌다.

어쨌든 이 자리는 어떻게든 넘긴 것 같다. 안도하며 가슴을 쓸어내리는데, 갑자기 덥석 손을 붙잡혔다.

"너, 재미있어."

"……허?"

"같이 가자!"

"어, 자, 잠깐!"

그녀는 놀란 하루키는 개의치 않고 꾹꾹 손을 잡아당겼다. 항의를 던졌지만 "괜찮아, 괜찮아"라고 콧노래와 함께 흘려넘길 뿐. 주위에서 호기심 어린 시선이 날아들었다.

ㅡ이대로는 눈에 띄고 만다.

그 사실을 걱정한 하루키는 다소 억지스럽게 손을 뿌리치는 것도 고민하며 어떻게 할지 생각했다. 이윽고 눈앞에 급히 마련되었음을 알 수 있는 트인 공간이 보이고── 그곳에 있는 어느 남성이 시야에 들어오자, 한순간 머릿속이 새하얘지고 말았다.

"야호─, 사쿠라지마 씨. 덕분에 살았어. 그보다도 갑작스럽게 이런 무대를 만들다니, 굉장하잖아?"

"서프라이즈 이벤트라는 모양새로 이곳 스태프들한테 억지스레 밀어붙였으니까. 그래도 오히려 홍보가 돼서 사람을 모을 수 있게 될 거라 했더니, 흔쾌히 받아들여 줬다고. 소동으로만 남아서 물건을 못 팔게 되는 것보단 낫잖아."

"오오─, 역시 파파. 수완가야. 더러워."

"……파파?"

"그래서, 뭘 하면 될까? 갑자기 토크 같은 건 못 하고, 이야기를 진행해줄 사회자도 없는데."

"팬 교류로 노래방, 같은 걸 생각하고 있어. 처음 노래하는 사람이 겁먹거나 실패하거나 했다간 이벤트 자체가 실패하겠지만…… **그 애라면 문제없겠네.**"

"윽?!"

그리고 그── 언젠가 병원이나 사토 아이리의 이벤트에서 맞닥뜨렸던 사쿠라지마라 불린 남자의 미소를 마주하고 하루키는 정신을 차렸다.

그때 그녀가 "자, 이거"라며 마이크를 건넸다. 아직 놀람과 곤혹이 미처 사라지지 않은 하루키는 반사적으로 받아들고 말았다.

"카피탄 부를 수 있어?"

"어, 아, 예, 일단······."

"그럼 그걸로."

"······아!"

씨익 미소를 꽃피운 그녀는, 하루키의 손을 붙잡고 스테이지 중앙으로 나가더니 주위를 향해 목소리를 높였다.

『있지, 오늘 산 유카타로 어디 갈 거야─? 소중한 사람 보러─? 그런 모두를 응원하기 위해, 함께 부를게─.』

그녀가 말을 마치자마자 반주가 흐르기 시작했다. 최근 십 대에게 인기인 아이돌 그룹의 신곡이었다. 순식간에 행사장의 열기가 올라갔다.

넘어갔다, 그렇게 생각했을 때에는 늦었다.

이미 거절할 기회를 놓쳤다.

상황에 그저 흘러가며, 그럼에도 뜻을 다지고서 마이크를 힘껏 쥐었다.

『『웃고서 대답도 없이~──♪』』

노래가 시작되는 것과 동시에 소녀들의 함성이 터졌다. 반응은 매우 좋은 듯했다.

무대 위에 서니 이 행사장의 넓이와 얼마나 많은 사람이 모여 있는지를 알 수 있었다. 스마트폰을 들고서 동영상이나 사진을 찍는 모습도 보여서, 그만큼 옆에서 노래하는 그녀의 인기가 어느 정도인지 엿보였다.

하루키도 주목받는 데는 어느 정도 익숙하지만, 이건 너무나도 예상 밖이다.

겁먹지 않고 목소리를 낼 수 있었던 것은 이제까지의 **의태** 덕분일까.

그런 그녀와 함께 노래하는 이 상황이, 더더욱 영문을 알 수가 없었다.

하루키는 싱긋 미소의 가면을 얼굴에 붙이며, 무대 곁에 있는 약삭빠르게도 이 상황을 이끌어 낸 그를 원망스럽게 노려봤다.

그러자 그 시선을 깨달은 그가 슬쩍 흘려넘기고 싱긋 미소 지었다. 하루키의 뺨이 살짝 굳어졌다. 정말이지 마음에 들지 않는 상대였다.

『『──천일 밤의 꿈~♪』』

신나서 노래하는 MOMO는── 뭐, 반쯤 노래방에 온 기분일 것이다. 그런 마이페이스가 조금 원망스러웠다. 가창력 자체는 엄청나진 않았다. 하지만 몸 전체를 사용해서 즐겁게 분위기를 끌어올리며 노래하는 모습에는 확실히, 이 행사장을 매료할 만한 존재감이 있었다.

애드리브 토크에 기대할 수 없다, 그러니까 팬 교류로 함께 노래한다── 잘도 생각했다. 역시 그의 수완이었다.

그렇기에 하루키 안에서 경계심이 최대한으로 올라갔다.

틀림없이.

이 상황을 만들어낸 그의 계산 안에 하루키도 들어 있으니까.

──타쿠라 마오.

일찍이 그는 하루키를 앞에 두고 그 이름을 중얼거렸다.

아마도 하루키와 타쿠라 마오의 관계를 알고 있을 것이다. 그게 아니면 여러모로 설명이 되지 않는다.

그와 타쿠라 마오의 관계는 알 수 없다. 하지만 하루키가 모르는 무언가를 알고 있겠지.

솔직히 신경이 쓰이지 않는다면 거짓말이다.

하지만 그보다는 그에게 고스란히 당한 이 상황이 마음에 안 들었다.

아마도 여기서 하루키를 눈에 띄게 만들어서 연예계로 끌어들일 발판으로라도 삼겠다는 속셈일 것이다.

연예계에서 타쿠라 마오의 사생아라는 존재는 무언가 그의 카드가 될 것임에 틀림없다.

『『──천사의 유혹~ ♪』』

일부러 서투르게 굴어서 한심한 꼴을 보이는 방법도 생각했다.

하지만 이렇게까지 달아오른 상황을 깨는 것도 MOMO에게 미안했다. 그녀는 관계가 없다. 피해만 보게 하는 건 조금 그렇다.

게다가 만약 칠칠치 못한 모습을 보이면 나중에 하야토한테 무슨 말을 들을까? 사키가 어떻게 여길까? 굳이 누군가의 발목을 붙잡는 짓을 해서 이 상황을 빠져나가더라도 두 사람 옆에서 가슴을 펼 수 있을까?

그래서 하루키는 전력으로 MOMO가 도드라지도록 행동하기로 했다.

MOMO의 노랫소리가 도드라지도록, 키를 낮추고 화음을 맞추었다.

안무나 위치도 MOMO가 항상 눈에 띄도록 행동했다.

조연, 보조, 그림자 속의 조력자.

개성을 죽이고 철저하게 그것을 연기했다.

『『──시간의 여행자~ ♪』』

이윽고 노래가 끝났다.

그리고 화악 터지는 대함성.

환호성은 모두 MOMO에게 향했다.

그가 있는 쪽으로 흘끗 시선을 향하자 눈을 크게 뜨고 있었다. 계획이 어긋났을 것이라고, 하루키는 어떠냐며 득의양양하게 웃었다.

하루키는 이 결과에 만족스러운 표정을 짓고, MOMO를 향해 꾸벅 머리를 숙인 뒤 긴장한 목소리를 만들어 감사를 건넸다.

"가, 감사합니다! 그게, MOMO 씨랑 노래해서 기뻤어요!"

주위에서는 "좋겠네─!" "다음은 나!"라며 부러워하는 목소리가 들렸다.

이제는 이 자리를 떠나면 그만이다.

상기된 얼굴을 들고 빙글 몸을 돌렸을 때였다.

"잠깐만!"

"예?"

"너, 굉장하잖아?! 엄청 편했는데!"

어찌 된 영문인지 흥분한 기색인 MOMO가 손을 붙잡았다. 그리고 얼굴을 빤히 바라봤다.

"합격이라고 했는데, 그냥 합격이 아니라 완전 합격! 그보다 다음에 같이 일해보지 않을래?! 괜찮지, 사쿠라지마 씨!"

"잠깐, 어, 저기, 저기……?!"

그러면서 MOMO가 무대 옆에 있던 사쿠라지마에게 시선을 던지자 그도 싱긋 만면의 미소를 짓고 양손으로 머리 위에 동그라미를 그렸다.

그러자 주위가 갑자기 소란스러워지고, "어, 뭐야?" "스카우트?!" "둘이 좀 결이 다르지 않나?" "오히려 괜찮을지도?"라는 목소리가 들렸다.

등줄기에 서늘하니 기분 나쁜 땀이 흘렀다.

마치 갑작스레 급소를 찔리는 것 같은 감각.

여기까지가 그의 계산이었다는 것일까?

……어떻게든 해야 한다.

하지만 사고가 제대로 움직여주지를 않는다.

그리고 갑자기 뇌리를 스치는 어머니의 얼굴.

손이 떨리려는 것을 자각했다.

"무슨 소린가요, 모못치 선배!"

그러자 그때, 어느 여자아이의 큰 목소리가 무대로 날아들어 술렁이는 공기를 찢어발겼다.

필연적으로 주위의 주목도 목소리의 주인에게 모였다.

목소리의 주인인 소녀는 위풍당당한 모습으로 한 걸음 앞으로 나와, 연극 같은 분위기로 기세 좋게 입고 있던 모자와 안경을 벗어던졌다. 와아, 한층 커다란 함성이 터졌다.

"아! 야호— 아이링 마마."

"야호—, 는 무슨! 그리고 마마라니 뭔가요. 연하라고요!"

"아이링은 딱딱하다니까."

"그런 게 아니고요!"

나타난 것은 사토 아이리.

MOMO에 필적하는 인기 모델.

주위의 주목도 그녀에게 쏠렸다.

"어쨌든 마마는 제쳐놓고…… 모못치 선배는 항상 즉흥적으로 뭔가 저지르니까! 자, 이 아이도 놀라서 굳어버렸다고요!"

"어—? 괜찮지 않아?"

"어—, 가 아니고, 괜찮지 않아요!"

"그럼 괜찮지 않지 않아?"

"괜찮지 않지 않아요!"

"그럼 괜찮지 않지 않지 않아?"

"괜찮지 않지 않지 안!"

"아, 아이링 발음 씹혔다."

"정말~~~~~~!"

그리고 펼쳐지는 두 사람의 콩트 같은 대화에 웃음이 터졌다.

아무래도 조금 전 MOMO의 권유도 그런 연출이었다는 흐름이 되고 있었다.

"하루키."

"아!"

그때 작지만 날카롭게 이름을 부르는 목소리를 귀가 포착하고 정신을 차렸다.

목소리가 들린 곳, 아이리가 나타났던 장소 근처에는 하야토와 다른 일행이 있었다. 이쪽으로 돌아오라며 작게 손짓하는 중이었다.

하루키는 황급히 미소를 다시 붙였다.

"고, 고마웠어요!"

"협력 감사합니다~."

"다음에 또 같이 하자—."

"그러니까 참, 모못치 선배!"

"아이링 너무해."

"너무해, 가 아니고!"

웃음이 터지는 가운데, 무대를 뒤로했다.

떠날 때에 아이리가 한쪽 눈을 감는 게, 마치 미안하다고 그러는 것 같았다.

하루키를 맞이한 모두의 반응은 가지각색이었다.

"욕봤네, 하루키."

"하루키 괜찮아?! 그리고 노래 굉장하지 않아?!"

"와, 와, MOMO랑 아이리야! 사적으로도 친하다고 들었는데 정말인가 봐!"

"어? 사토 아이리…… 어? 어? 아까 그분, **바로 그** 사토 아이리였어……?!"

쓴웃음 지으며 어깨를 으쓱이는 하야토, 그에 동의하는 카즈키와 이오리.

걱정했다가 놀랐다가 바쁘게 표정이 바뀌는 에마랑, 무대 위에서 인기 모델과 함께 노래하던 모습에 흥분한 히메코, 그리고 몹시 혼란스러워하는 사키.

전혀 통일성이 없었다.

하지만 본래 자신이 있을 곳으로 돌아올 수 있었다는 안도감을 느꼈다. 그때까지 팽팽하던 긴장의 실도 느슨해졌다.

"……좀 지쳤어."

그런 말과 함께 큰 한숨을 내쉬는데, 갑자기 누군가 억지로 손을 잡아당겼다.

"그러네, 나도 지쳤어. 어딘가 쉴 곳으로 갈까."

"어?! 하야토……?"

무슨 일이냐며 고개를 들었더니 무척 진지한 표정의 하야토.

한순간 두근거렸지만 흘끗 눈짓을 하기에 그쪽으로 시선을 움직이자, 이쪽에 용건이 있다는 듯 다가오려고 하는 사쿠라지마의 모습. 이번에는 다른 의미로 가슴이 술렁거렸다.

"······나도 어쩐지 피곤해졌어. 그렇지, 이오리 군?"

"어! 어어, 그러네. 나도 어쩐지 목이 말라. 에마는 어때?"

"어, 아, 응. 그러네."

"히메코랑 사키도──."

그것을 알아차린 카즈키도 이오리랑 아이들에게 이동을 재촉했다.

여전히 이런 부분으로 세심하게 주의를 기울이는 것이, 얄미웠다.

"······고마워."

하루키는 툭하니, 딱히 누구를 향한 것도 아닌 감사의 말을 중얼거렸다.

전시 홀 옆, 전문점 거리의 옥상 정원은 한산했다.

이따금 전시 홀에서 웅성거리는 소리가 바람을 타고 귓전을 때렸다. 그만큼 두 사람의 인기가 높다는 것이 엿보였다. 돌발적으로 시작된 이벤트이기도 해서, 여기라면 사쿠라지마도 현장을 떠나서 찾아오지는 않을 것이다.

하루키는 근처 자판기에서 산 차 페트병을 손으로 만지작거리며 주변으로 시선을 돌렸다.

높은 빌딩으로 둘러싸여 여기만 뻥 뚫린 구멍 같아서. 하늘이 좁고 녹음이 많기도 해서 살짝 츠키노세를 연상시켰다.

하지만 이 자리의 공기는 한적한 시골과 달라서 어딘가

차분하지 않았다.

이윽고 에마가 모두의 마음을 대변하듯 입을 열었다.

"저기, 뭐가 어떻게 된 건지……."

서로 속을 떠보는 것처럼 시선이 뒤얽혔다.

애당초 하루키도 조금 전의 일은 여러모로 이해가 되지 않았다.

하야토 쪽을 봤더니 곤란하다는 표정이 돌아올 뿐.

무어라 말할 수 없는 분위기가 흘렀다.

"하아."

이윽고 카즈키가 명백하게 큰 한숨을 한 번 쉰 뒤, 체념한 듯 양손을 가볍게 들고 하루키를 돌아봤다.

"미안해, 니카이도. 그리고 너희한테도."

"……허?"

"아무리 봐도 니카이도가 아까 같은 상황에 말려든 건 사쿠라지마 씨 탓이라고 생각해. 그, MOMO 근처에 있던 키 큰 스태프 말이야. 그 사람, 실력은 확실하지만 억지스러운 구석이 있으니까……."

"어, 어어……."

어째선지 갑자기 사죄했다. 더더욱 무슨 일인지 알 수가 없어서 대답하는 목소리도 건성이 됐다. 타쿠라 마오와 자신의 관계에 사쿠라지마가 엮여 있다고 생각했기에 더더욱.

하지만 신경 쓰이는 일이 있었다.

어찌 된 영문인지 카즈키는 사쿠라지마를 아는 듯했다.

하야토와 사키와 시선을 마주하자 둘 다 무슨 일이냐며 고개를 갸웃거렸다.

그리고 영문을 모르는 것은 다른 사람들도 마찬가지인지, 이오리가 모두를 대표해서 물었다.

"으—음 저기 카즈키, 사쿠라지마라는 사람은 뭐야? 그보다, 카즈키랑 아는 사이야?"

"사쿠라지마 씨는 예능 사무소의, 스카우트 같은 것도 하는 프로듀서야. 모델에 배우에 아이돌…… 그런 쪽으로 굉장히 냄새를 잘 맡는 사람이라서, MOMO랑 아이리를 발굴했고 캐릭터나 취재 시의 토크 같은 것도 감수해. 최근 일 년 사이에 비약적으로 유명해지게 만든 수완은 아까 봤을 거야."

전날 병원에서 조우한 그의 언동과도 일치했다.

하루키의 미간에 더더욱 주름이 생겼다.

"호오, 엄청 잘 아는구나, 카즈키. 뭔가 실감이 담겨 있어."

"어, 응, 조금……."

"어, 잠깐만, 그런 사람이 하루에게 눈독을 들이고 있다는 건—— 아."

히메코가 놀라서 목소리를 높이려다가, 도중에 무언가 깨달은 듯 입을 다물었다.

그러자 하야토는 무언가를 말하려던 동생 대신에 질문을 던졌다.

"사쿠라지마라는 사람에 대해서는 알았어. 수완가라는

145

것도. 근데 왜 카즈키가 사과해야 하는데?"

"그건——."

거기서 카즈키는 말을 끊고, 자신 안에서 무언가를 정리하듯 크게 숨을 들이마셨다.

그리고 모두의 얼굴을 빙 둘러본 뒤 뜻을 다진 표정으로 입을 열어 폭탄을 떨어뜨렸다.

"그게, 사실은 이제까지 너희에게 감추던 게 있거든. MOMO의 본명은—— 카이도 모모카."

"어? 카이도, 모모카……?"

"우리 친누나야."

"""""""——뭐?!"""""""

그 위력은 모두의 사고를 새하얗게 물들이고 말을 잃게 만들기에 충분했다.

설령 다른 자신이 되었더라도

그날 밤.

하야토는 이른 시간에 이불로 들어갔지만 좀처럼 잠들지 못하고 있었다.

낮에 있었던 일로 몸도, 그리고 마음도 피곤할 터인데도 묘하게 마음이 들떠서 잠이 안 왔다.

"…………후우."

몇 번째인지 뒹굴 몸을 뒤척이고, 어두운 천장을 향해 한 숨을 내쉬었다.

고개만 움직여서 책상 위의 자명종 시계를 봤더니 날짜가 막 바뀌었을 즈음.

그대로 초침이 반원을 그리는 것을 바라봤지만, 잠기운이 찾아오기는커녕 더더욱 정신이 선명해지는 기분이었다.

이윽고 하야토는 체념한 얼굴로 몸을 일으키고 머리를 긁 적이며 스마트폰을 붙들고 베란다로 나왔다.

저 멀리에선 한밤중임에도 불구하고 많은 빌딩에 켜진 불 빛이 거리와 밤하늘의 경계를 아련하게 침식해서, 알아보 기 어렵게 만들고 있었다.

"……츠키노세하고는 다르구나."

이런저런 생각을 담아 그런 뻔한 말을 툭하니 중얼거렸다.

잠들지 못하는 원인은 명백했다.

문득 손에 든 스마트폰에서 어느 사진을 열었다.

거기에 있는 것은 MOMO와 함께 노래하는 하루키의 모습.

그때 주변의 들뜬 분위기, 그 열기가 아직 가슴속에서 연기를 피우고 있었다.

무대의 주역은 누가 어찌 보더라도 MOMO였다.

즉흥적으로 흩뿌리는 애교, 주변의 분위기를 집어삼키고 끌어올리는 카리스마, 화려한 존재감. 히메코나 또래 소녀들이 몰두하는 것도 무리는 아니었다.

그리고 돌발적인 그 무대를 완벽하게 떠받친 것이 하루키였다.

어디까지나 MOMO가 주역이 되도록 낮게 억누른 음정으로 화음을 넣고, 중요한 부분에서는 절제된 하모니와 코러스를 넣었다. 자유분방하게 움직이는 그녀에게 맞추어 그녀가 도드라지도록 움직이기도 했다.

만약 MOMO가 한층 더 빛나는 태양이라면, 하루키는 그 빛을 받아서 빛나며 다양한 모습을 보여주는 달. 마치 현혹되는 것처럼 빠져들고 만다.

그래서 하야토는 다른 많은 사람들이 그랬듯이 스마트폰 카메라를 들고, 떠나가는 그 순간을 놓치지 않겠노라 화면 안으로 도려내고 말았다.

"……예쁘, 구나."

사진의 하루키를 보는 사이, 생각지도 않은 말이 새어 나왔다.

그런 스스로가 믿기지 않는다는 듯 눈을 부릅뜨고, 머리를 내저어 발칙한 듯도 불순한 듯도 한 마음을 뿌리쳤다.

자조가 담긴 한숨을 흘리고 다시금 스마트폰으로 시선을 떨어뜨렸다.

스마트폰 안의 하루키는 결코 화려하지는 않았다. 하지만 다양한 매력 있는 모습을 선보였고── 그리고 하야토는 깨달았다. 그 눈동자에 아무도 비치지 않는다는 것을.

오싹, 등줄기에 서늘한 것을 느꼈다.

『내 건 있지, 이름도 얼굴도 모르는 누군가에게 맞춰서 꾸며내기 위한 거야.』

문득 츠키노세에서 하루키가 흘린 말을 떠올렸다.

하루키가 하야토를 두고서 어딘가 먼 곳으로 갈 것 같다는 공포와도 닮은 감각.

그리고 사쿠라지마라는 수완가 프로듀서가 하루키에게 눈독을 들였다는 사실이, 마치 그 감각을 뒷받침하는 것 같아서.

가슴에 말할 길 없는 불안이 소용돌이쳤다.

그리고 하야토는 자신의 힘으로도 어쩔 수 없는 일이 있다는 사실을 알고 말았다.

『MOMO의 본명은── 카이도 모모카. 우리 친누나야.』

이번에는 카즈키의 말이 떠올랐다.

그러자 그 순간, 무언가 사는 세계가 크게 멀어진다는 생각이 덮쳐들어——.

"아, 진짜!"

그것을 인정하지 않겠노라 벅벅 머리를 마구 휘젓고는 서쪽 하늘로 손을 뻗었다.

거리의 불빛에 침식되어 윤곽도 흐릿해진 조금 파인 달. 그걸 붙잡으려 해도, 스르륵 도망치듯 손바닥에서 빠져나간다.

움켜쥔 주먹이 애매하게 밤하늘을 떠돈다.

"……나 뭐 하는 거지."

가슴속에 표현할 길 없는 초조함을 남긴 채, 황급히 그것을 얼버무리듯이 달에서 등을 돌려 방으로 돌아갔다.

다음 날 아침.

결국 별로 자지 못했다.

사고는 둔해졌지만 몸에 밴 습관에 따라 아침 식사를 준비하고 있었더니 드르륵 거실 문이 열렸다. 나타난 것은 하야토와 마찬가지로 얼굴에 수면 부족이 들러붙은 히메코.

그런 주제에 헤어스타일은 제대로 세팅되어 있고 이미 교복으로 갈아입었다.

평소라면 틀림없이 보기 드문 모습에 '오늘은 눈이라도 오려나, 항상 이러면 좋을 텐데'라고 가볍게 농담을 던질 참이었지만 미간만 찌푸렸다. 오늘 아침은 그 이유도 알 만하니까.

히메코는 그런 오빠의 얼굴을 보고, 입을 열고, 머뭇머뭇 하다, 결국 아무 말도 없이 식탁에 앉았다. 하야토가 봐도 무언가 말을 꺼내지 못한다는 것은 명백했다.

사실 하야토도 마찬가지인 데다 애당초 무슨 말을 하면 좋을지 알 수 없었다.

이윽고 아침 식사가 완성되고, 키리시마 남매는 묵묵히 고개를 숙이고서 기계적으로 그것을 입으로 옮겼다.

"......"

"......"

몹시 조용한 식탁을 둘러싸고, 평소보다 조금 일찍 집을 나섰다.

약속 장소에서는 이미 하루키와 사키가 기다리고 있었다.

"아."

"......안녕."

두 사람을 알아차린 사키는 작게 목소리를 높이고, 하루키는 조금 당황한 기색이 드러나는 얼굴로 머뭇거리며 무어라 말할 수 없는 표정으로 인사 대신 가볍게 손을 들었다. 그리고 하루키의 얼굴을 본 하야토는 어제 일을 떠올리고는 가슴이 두근거렸지만 황급히 고개를 내젓고는 마찬가지고 가볍게 손을 들고, "어"라고 대답했다.

참으로 어색한 분위기 가운데, 누가 먼저라고 할 것도 없이 걷기 시작했다.

푸르게 갠 하늘은 비늘구름으로 어렴풋이 가려지고, 가을이 느껴지는 서늘한 바람이 뺨을 쓰다듬었다. 이따금 역으로 가는 오토바이나 자동차가 옆을 지나갔다.

이윽고 하루키가 주저하는 기색으로 입을 열었다.

"……카이도네 누나라고 그래서, 깜짝 놀랐지."

"응. 하지만 어떤 의미도 납득이 가는 부분도 있네."

"그러네, 어찌어찌 알겠어."

"저는 그쪽도 그렇지만, 사토 아이리도……."

"하야토가 왜 모델이랑 접점이 있나 신기했는데 카이도랑 관련이 있었구나."

"……뭐, 그렇지."

사토 아이리. 카즈키의 전 여자친구.

카즈키한테서는 그녀와 형식상으로 사귀었을 뿐이라고 들었지만, 아이리의 이야기로는 아무래도 차이가 느껴졌다.

그리고 어제 그 상황을 수습해준 것은 그녀의 재치 덕분이었다. 무슨 생각이었는지는 알 수 없지만 이것은 큰 '빚'일지도 모른다. 그렇게 생각하니 더더욱 미간에 주름이 생겼다.

대화도 끊어지고, 원래의 분위기로 돌아왔다.

이윽고 갈림길에 접어들어서, 이 상황과 맞지 않을지도 모르지만 이것만큼은 말해두어야 한다는 기분을, 툭하니 입에서 흘렸다.

"축제, 어쩌지. 기대했는데……."

학교가 가까워지며 같은 교복 차림이 늘어나고, 여기저기서 인사를 나누고, 화기애애한 분위기로 바뀌었다.

운동장에서 아침 연습을 하는 운동부를 흘긋 쳐다보며 오늘 아침은 축구부가 활동하지 않는다는 사실을 확인하고는 현관으로 들어섰다.

"……아."

"……안녕."

"……안녕."

"……응."

그러자 신기하게도 그곳에서 딱 이오리와 에마를 만났다.

역시 두 사람도 어제 일로 아직까지 영향이 있는지 말문이 막혀버렸다.

넷이서 얼굴을 마주하고 당황한 분위기를 조성하고 있으니, 그곳으로 "아" 하고 거북해 보이는 목소리가 울렸다. 마침 카즈키도 등교한 참이었다.

카즈키의 동요는 잘 알 수 있었다. 태연을 가장하려고 평소 같은 미소를 지으려 하지만 너무나도 어색해서 애처롭기까지 했다.

하지만 그것은 이쪽도 비슷한 상황.

그럼에도 하야토는 서투르나마 억지로 미소를 만들고 말을 건넸다.

"카즈키. 안——."

"윽!"

하지만 그것을 신호로, 카즈키는 쏜살같이 자리를 벗어났다. 멈춰 세울 틈도 없이 순식간에 벌어진 일이었다.

뒤에 남겨진 그들은 쓴웃음 지었지만 조금 안도가 섞인 한숨을 흘렸다.

이날 카즈키는 쉬는 시간에도, 점심시간이 되어도 얼굴을 비추지 않았다.

"안 오네."

"응."

평소라면 진즉에 얼굴을 비출 시간이 되어서도 오지 않기에 하루키랑 이오리, 에마는 함께 고개를 끄덕이고는 카즈키네 교실로 향했다.

그리고 역시라고 할까, 카즈키의 모습은 없었다.

"카이도 군? 글쎄, 오늘도 점심시간이 되자마자 나갔는데."

그 반 아이를 붙잡고서 물어봤지만 그런 말이 돌아올 뿐.

일단 식당에도 얼굴을 내밀어봤지만 그림자도 보이지 않았다.

아무래도 의도적으로 이쪽을 피하는 것 같았다.

겸사겸사 식당에서 점심 식사를 마쳤다.

"큰일이네……."

"이제부터 어떻게 하지?"

"원예부에 들르자."

"그럴까."

그리고 하루키와 함께 건물 뒤의 화단으로 향했다.

교사 뒤뜰은 여전히 한산했다.

떠들썩한 점심 식사 소리가 어딘가 먼 일처럼 들렸다. 원예부 화단 외에는 쓰레기장이 있는 정도. 점심시간이라면 이곳을 찾는 사람은 거의 없다.

그럼에도 이곳에 있을 자그마한 체구의 익숙한 반 친구의 모습을 기대하며 얼굴을 내밀었더니, 의외의 광경에 얼빠진 목소리가 새어 나왔다.

"──아."

화단 구석의 나무 그늘에서 미나모와 카즈키가 얼굴을 마주하고 있었다. 생각지 않은 조합에 눈을 끔벅거리고 말았다.

두 사람을 알아차린 카즈키는 거북한 표정을 짓고 총총히 떠나려 했다.

미나모는 불안한 듯 이쪽과 카즈키를 향해 시선을 향했지만, 이윽고 정신을 차린 하루키가 곁으로 가서 물었다.

"미나모, 카이도랑 무슨 이야기 했어?"

"저기 그게, 자세히는 모르겠지만, 남들한테 말하기 힘든 가족 일이 알려졌을 때, 어떤 표정을 지으면 좋겠느냐고……."

"그런 걸 미나모한테? ……카이도!"

"하루키!" "아, 하루키!"

"윽?!"

점점 표정이 험악해진 하루키는, 마치 팽팽하게 당긴 활에서 발사된 화살처럼 뛰어가서 순식간에 카즈키와 거리를 좁혔다.

카즈키는 어깨를 움찔 떨며 뒤로 물러나려고 했지만 팔을 붙잡혀 버렸다. 꿰뚫는 것 같은 시선을 맞닥뜨리고는 곤혹스러운 표정을 짓고 허둥대는 카즈키.

하루키는 카즈키를 노려보며 심호흡을 한 번 쉬었다. 그리고 뒤따라온 하야토와 미나모를 흘끗 한순간 쳐다봤다가 다시 시선을 돌렸다.

"있잖아, 가족 일로 남들한테 말할 수 없을 사연을 가진 거, 카이도 너만이 아니야. 카이도도, 미나모도, 나도…… 그러니까!"

하루키는 거기까지 말하고 내치듯이 붙잡은 손을 놓았다.

그리고 이번에는 하야토와 미나모의 손을 재빨리 붙잡고 화단 쪽으로 걸음을 옮겼다.

"가자, 하야토, 미나모."

"어, 야."

"저기……."

"……읏."

하루키에게 손을 붙잡힌 하야토와 미나모는 서로 얼굴을 마주 보고 고개를 갸웃거렸다.

불만을 감추려 하지 않는 하루키에게 무슨 말을 건네면 좋을지 알 수 없었다.

방과 후를 알리는 종소리가 울리자마자, 하루키는 기세 좋게 벌떡 일어나서 하야토의 팔을 붙잡았다.

"가자, 하야토."

"잠깐, 야, 간다니 어디로?!"

"일단 와봐!"

"……정말이지."

우등생의 가면은 어디로 갔는지. 평소의 하루키답지 않은 언동에 반 아이들의 시선이 꽂혔다.

하지만 하루키는 그런 것은 알 바 아니라고 꾹꾹 잡아당겼다.

하야토는 허둥지둥 가방을 붙잡고 복도를 넘어 현관으로 성큼성큼 걸어가는 하루키의 뒷모습에 한숨을 한 번 쉬었다. 종소리와 동시에 뛰쳐나와서 사람이 적은 게 다행인가.

이럴 때의 하루키는 말해봐야 듣지 않는다는 것을 아니까 그냥 그대로 따라갔다.

이윽고 주택가를 거의 뛴다고 할 수 있을 속도로 달려가서 찾아온 곳은 하루키네 집이었다.

손을 붙잡은 채로 열쇠로 문을 열고 집 안으로 들어가서, 쿵쾅쿵쾅 계단을 올라가서 하루키의 방 앞으로.

그리고 하루키가 문손잡이에 손을 댄 참에, "아!" 하고 목소리를 높였다.

"거기서 잠깐 기다려!"

"……어어."

그러면서 기세 좋게 문이 닫히고, 우당탕탕 무언가 하는 소리가 들렸다.

대체 뭘까?

이것저것 생각해봤지만 짐작도 가지 않아서 알 수 없었다.

하지만 이렇게 휘둘리는 것도 츠키노세에 있던 무렵부터 자주 있었던 일.

생각해 봐야 헛수고라 느끼고, 고개를 돌려 주위를 둘러봤다.

생각해 보면 최근에는 하야토네 집에서 함께 저녁을 먹게 되고 사키도 도시로 오기도 해서, 이곳을 방문하는 것도 무척 오랜만이었다. 복도에서 확인하기에는 딱히 변한 것은 없어 보였다. 여전히 생활감이 적고, 어딘가 차가운 이미지가 느껴졌다.

'……여기서 혼자 살고 있구나.'

그 사실을 생각하고 미간에 주름을 지었다.

하지만 무어라 말하기 힘든 감정과 함께, 자기 집과는 다른 조금 달달한 향기가 코를 간질였다. 실수했다.

분명 그것은 하루키의 냄새일 것이다. 당연하다. 이곳에 혼자서 살고 있으니까. 그래서 그 사실이 어째선지 하루키와 단둘이라는 사실을 의식하게 만들어버렸다.

이제까지도 몇 번인가 이 집을 방문했다. 게다가 단둘이 있는 시추에이션은 드물지 않다.

지금도. ……그리고, 예전에도.

그런데도 조금 전부터 문 너머에서 들리는 옷 스치는 것 같은 소리가 묘한 상상을 자극해서, 도무지 침착하게 있을 수가 없었다.

"……진짜!"

얼굴을 찌푸리고 벅벅 머리를 긁적이는 것과 문이 벌컥 열린 것은 동시였다.

"기다렸지! 어때?!"

"어?"

무심코 뒤집어진 목소리가 새어 나왔다.

눈앞에서 포즈를 척 취한 하루키는, 어찌 된 영문인지 금발이었다. 둥실둥실하던 머리카락을 트윈테일로 만들고, 항상 빈틈없이 입고 있는 교복을 흐트러뜨리고, 치마도 본 적이 없을 만큼 짧았다. 가슴께에는 반짝반짝 펜던트가 빛나고 화장도 화려하게 했다. 첫인상이 화려한, 평소 인상과는 정반대의 갸루 같은 모습이었다.

"어, 하루키인가……?"

"그런데?"

"머리가 금색인데……."

"아, 이거 가발."

"그렇구나?"

무심결에 의문형이 되어버릴 만큼, 다른 사람처럼 보였다.

대체 무슨 생각인지 알 수가 없어 그 자리에 굳어서는 눈을 이리저리 굴리자, 하루키가 씨익 웃었다.

그녀는 한 손에는 스프레이캔을 들고, 다른 한 손을 주물주물하면서 다가왔다.

"다음은 하야토야."

"나?"

"됐으니까 앉아."

"어, 어어…… 아니, 그건 뭐야?"

"헤어 컬러 스프레이. 괜찮아, 머리 감으면 바로 없어지는 거니까. 아마도."

"아마도라니."

"나도 처음 쓰니까!"

가발도 헤어 컬러 스프레이도, 언제 사둔 걸까.

하루키는 당황한 하야토를 끌고 와 복도에 앉히고 살짝 자란 머리카락을 고무 밴드로 묶으며, 스프레이캔에서 거품을 내고는 빗을 써서 빗었다.

그대로 당하기를 잠시.

이윽고 모두 마친 하루키가 득의양양한 표정으로 손거울을 가져와서 하야토에게 내밀었다.

"……우와."

무심코 이상한 목소리가 나왔다.

그곳에 비치는 것은 일부만 빨간 머리카락이 특징적인, 자신이면서 자신이 아닌 경박해 보이는 얼굴.

"기왕이면 이렇게."

하야토가 눈을 끔벅거리는데 옆에서 하루키가 넥타이를 풀거나 단추를 풀거나 옷자락을 꺼내는 등 교복을 흐트러뜨렸다. 이건 누구야? 하는 생각이 들 법한 남자가 되었다.

갸루들과 자주 함께 있을 법한, 무척 껄렁해 보이는 모습이었다. 위화감과 부끄러운 기분 탓에 근질근질했다.

"응응, 그럴싸하네."

"……이건 뭐야."

대체 무슨 생각이냐는 시선을 보내자 하루키는 니히히 웃고는 한쪽 눈을 감고 엄지를 척 세웠다.

"오늘은 이 모습으로 거리에 놀러갈 거야!"

"허?"

또다시 하루키에게 손을 붙들려서 전철을 타고 도심부의 번화가로.

도중에 전철 안에서도 흘끗흘끗 평소보다 많은 시선이 날아들었다. 안 그래도 눈에 띄는 하루키가 화려하게 사람들의 눈을 끄는 복장을 했으니 당연할 것이다.

익숙하지 않은 모습이기는 하지만, 화려하게 장식된 얼굴에 나무랄 곳 없는 스타일 덕에 미인은 옷을 타지 않는다는 것을 잘 알 수 있었다.

그리고 주위의 시선은 하루키 옆에 있는 하야토에게도 모여 있었다.

당당하게 구는 하루키와 달리, 외모와 안 어울리게 쭈뼛

쭈뼛하고 있는 거 아닐까? 이상하게 여겨지지는 않을까? 평소와 다른 모습을 했다기보다는 가장을 하고 있다는 의식이 강해서 좀처럼 진정이 되질 않았다.

문득 창문에 비친 모습이 시야에 들어왔다.

……의외라고 해야 되나, 응, 꽤나 나쁘지 않은데.

이상하지는 않을, 터. 그렇게 생각하고 싶다.

그리고 이윽고 어느 빌딩 앞에 도착했다.

"도착이야!"

"여긴…… 오락실?"

"그래그래, 오늘의 목적은 저거!"

"저건……."

살짝 미간을 찌푸렸다.

하루키가 가리킨 것은 촬영한 사진을 가공해서 스티커로 만드는 기계. 옛날부터 여자들 사이에서는 기본 중 하나이지만 남자에게는 그다지 인연이 없는 것. 게다가 시골과도 인연이 없어서 하야토에게는 처음 보는 것이었다.

"오늘은 있지, 뭔가 이 모습에 어울리는 걸 해볼까 싶어서."

"호오?"

모양새부터 갖추기 위해서 이런 옷을 입은 걸까?

의기양양하게 기계로 돌격하는 하루키를 따라갔다.

"포즈를 취해주세요? 무슨 포즈를 하라는 거지? 어쩌지…… 어, 이렇게?! 자, 하야토도 빨리!"

"어, 어어…… 아니, 낚여서 해버렸는데, 이거 어릴 때 유

행하던 특촬물 히어로 포즈잖아!"

"후히히, 하야토라면 맞춰줄 거라고 생각했어."

"정말."

"으음, 다음은…… 오, 다양한 기능이 있구나. 이건……
품! 하야토 눈, 엄청 반짝반짝해~!"

"와하하, 이거 뭐야?! 그럼 이쪽은…… 우와, 뭔가 눈이
엄청 커졌는데?!"

"아하하하하, 이게 뭐야~! 아, 그거 말고도 동물 코라든
지 귀를 달 수도 있나 봐."

"어, 야! 남은 시간!"

"어, 아, 잠깐, 어쩌지?!"

"뭐든 괜찮으니까, 어쨌든 그럴싸하게 하자!"

"라, 라저!"

하야토도 하루키도 이런 기계는 처음이라 그저 일일이 건
드려보는 상태.

결국 제한시간을 가득 써서 인쇄된 것은 어린애 장난이라
는 말이 딱 맞을 법한 사진이었다.

너무나도 처참한 완성도에, 이걸 어떡하냐고 둘이서 소리
내어 웃었다.

다음으로 찾아온 곳은 SNS용 사진이 잘 나오는 것으로 유
명한 아이스크림 가게가 기간 한정으로 점포를 냈다는 곳.

하야토는 잔뜩 신이 난 또래 여자애들에게 압도당해서 하

루키에게 놀림을 받으면서도, 손에 든 아이스크림에 간담이 서늘해졌다.

"……커다랗네."

"……응, 게다가 엄청 컬러풀해."

라무네, 말차, 스트로베리, 레어 치즈, 초콜릿, 바닐라, 자색 고구마, 벚꽃 라테. 모든 플레이버를 얹어서 8단으로 쌓은 아이스크림의 크기와 화사함은 그저 압권.

과연 SNS에서 화제가 되는 것도 납득이 갔다. 하지만 하야토는 미간을 찌푸렸다.

"……이렇게 많이 먹고 저녁은 괜찮을까?"

"정말, 하야토는 그런 촌스러운 소리나 하고—. 오늘은 특별한 날이니까 됐잖아."

"그도 그러네. 아니, 하루키, 이거 사진 안 찍어도 되겠어?"

"아, 으—응. 그러네……."

주위를 흘끗 둘러보니 스마트폰으로 촬영하는 사람의 모습이 시야에 들어왔다.

저마다 다양한 표정이나 손 등을 이용해서 몇 번이나 촬영하고 있다. 아이스크림이 어떻게 해야 더 돋보일지 계산하는 것이리라.

하루키가 으으음, 신음했다.

이따금 다양한 표정이나 손을 움직여서 어떤 포즈를 취할지 생각하는 듯했다.

특별히 그런 쪽으로 고집이 없는 하야토는 아이스크림을

보고, 스마트폰으로 심플하게 그것만 찍었다. 화면 안에 화사하게 찍힌 아이스크림은 이야깃거리가 될 것이다. 문득 히메코가 "치사해!"라고 외치는 모습이 뇌리를 스쳐서 쿡쿡 웃었다.

"있잖아, 하야토. 이렇게 컬러풀하니까, 마법소녀가 쓰는 마법봉이라고 해도 통하지 않을까?"

"그렇게 말할 수도 있으려나?"

씨익 입가를 일그러뜨린 하루키는 빙글 몸을 돌리고, 일요일 아침에 할 법한 마법소녀 시리즈 같은 포즈를 취했다.

"『매끄러운 크림으로 녹아드는 마음, 큐──』아?!"

"웃?!"

하지만 아이스크림을 마법봉처럼 휘두른 탓에, 중력을 따라 콘에서 무너져 땅바닥으로 떨어지려고 했다. 하루키는 그것을 막으려고 황급히 아이스크림을 붙잡았다.

바닥으로 떨어지는 것은 면했지만 손은 질척하게 아이스크림으로 덧칠되고 말았다. 끈끈해서 기분이 나쁜지 하루키가 얼굴을 찌푸렸다.

"괜찮냐, 하루키."

"내 손 말고는 어찌어찌. 아─, 사진 못 찍었어."

"아─ 그거 말인데 그게, 이거…….'"

"응? ……푸흡!"

하야토가 미안하다는 표정으로 스마트폰 화면을 하루키에게 보여줬다.

그곳에 찍혀 있는 것은 막 떨어지려는 아이스크림에 당황한 얼굴로 손을 뻗는 하루키. 본인도 그만 웃음을 터뜨릴 만한 모습이었다.

"미안해. 어떻게든 하려고 했지만 양손이 다 막혀서, 힘을 넣는 타이밍에 찍혀버렸어."

"아하하, 그럼 어쩔 수 없네. 용서해줄게. 그거, 나중에 나한테도 보내줘."

그러면서 하루키는 날름 손에 묻은 아이스크림을 핥고 니히히 웃었다.

하야토도 그에 이끌려서 미소를 짓고, "응" 하고 대답하며 자기 아이스크림을 핥았다.

아이스크림을 모두 먹고 하루키가 빌딩 화장실에서 손을 씻은 뒤, 랜드마크라고도 할 수 있는 고층 빌딩으로 향했다. 목적지는 그 빌딩 최상층에 있는 전망대.

도심부에 올 때마다 보기는 했지만 안으로 들어간 적은 없었다. 이곳을 고른 것은 그저 호기심이었다.

"……와."

"……쩔어."

직통 엘리베이터에서 내려, 우선 시야에 날아든 바깥 풍경에 감탄을 터뜨렸다.

시야 아래로 끝없이 펼쳐지는 거리에는 다양한 크기의 건물이 있지만, 도토리 키 재기라고도 할 수 있을 만큼 지면에 딱 달라붙어서 뭐든 작게 보였다. 그렇다, 무척 작게.

건물마저 이만큼 작게 보이는데, 그 안에 있는 인간은 과연 어떨까.

"……우리가 사는 곳은 어딜까?"

"……저 부근 아냐?"

"아하하, 작아서 모르겠어."

"그러게."

시야 가득 복잡하게 뒤얽힌 거리의 얼굴은 같은 모양이 하나도 없어서 마치 미로 같다.

하지만 우리는 시야에 비치는 이 거리에서 수많은 일을 겪고, 살아간다.

한동안 우두커니 서서 풍경을 바라봤다.

서쪽 하늘은 살짝 붉게 물들기 시작했다.

아직 이르다고 할 수 있는 시간이지만 가을의 해는 빨리 저물고, 방심하다가는 금세 어두워지고 말 것이다.

이 순간도 시시각각, 오늘 하루가 끝나간다.

"우리가 사는 곳은, 크구나."

"나 있지, 지금 처음으로 도시에 왔다는 걸 실감하고 있어."

"츠키노세에서 높은 곳…… 산 정상에서 본 건 물이 가득한 댐이었지."

"응, 이쪽이랑은 전혀 다르네."

"……나, 하야토가 원동기 면허 따고 싶다는 기분을 좀 알 것 같아."

"응?"

"마음만 먹는다면 눈에 보이는 어디로든 갈 수 있다──그렇게 생각하면, 뭔가 굉장히 자유로워질 수 있을 것 같아서."

"⋯⋯하핫, 그렇지?"

하야토는 자신이 마음속으로 생각하던 것을 하루키가 이야기하자 수줍은 듯 끄덕였다.

석양에 비쳐 뺨을 붉게 물들인 하루키도 수줍은 미소로 답했다.

마치 어릴 적 장난을 떠올리거나 비밀을 공유했던 때와 같이 묘하게 간질간질한 분위기가 흐르는 가운데, 둘은 거리의 풍경을 한참동안 바라보았다.

전철에서 내려 개찰구를 지났다.

자신들이 사는 거리로 돌아올 무렵엔 서쪽 하늘이 완전히 주황색으로 물들어 있었다.

지쳤다는 듯 손을 들어 크게 기지개를 켜다가, 마찬가지로 기지개를 켜던 하루키와 눈이 마주쳤다.

"으음─, 좀 피곤할지도."

"나도. 오늘은 저녁을 만들 기력도 영 없는데."

"아핫. 그래서, 오늘은 어땠어?"

"그러네⋯⋯ 이래저래 신선하고, 이러니저러니 해도 즐거웠어."

"나도. 그냥 즉흥적으로 떠오른 것뿐이었는데."

"뭐, 옛날부터 그런 하루키한테 휘둘러서 그런 건가."

"후후, 그러네. 결국 어쨌든 우리는 우리, 라는 거야."

"아—— 응?"

"전화? 누구야?"

전화를 알리는 스마트폰을 꺼내봤더니, 히메코의 이름. 하루키에게 양해를 구하고 터치했다.

"히메코——."

『오빠, 지금 어디야?! 저녁은? 하루는? 배고파! 사키도 벌써 와 있다고?! 사키, 밑 준비가 필요하다면 하겠대!』

그러자 금세 히메코의 짜증 섞인 불만스러운 목소리가 쏜살같이 튀어나왔다.

무심코 스마트폰을 귀에서 떼고 얼굴을 찌푸렸다. 그동안에도 히메코의 불평이 계속 쏟아졌다.

확실히 평소라면 곧 저녁을 먹을 시간대였다. 하지만 지금부터 준비한다면 상당한 시간이 걸릴 것이다.

문득 옆에서 어깨를 으쓱이는 금발 상태의 하루키가 시야에 들어오고, 번뜩 떠올랐다.

"오늘은 피자를 시키자."

『어, 피자?! 와, 와, 피자라면 배달 같은 거 해주는, 그 피자?!』

"그래, 포장하면 반값이 돼서 하나 더 살 수 있는 그거. 역 앞에서 조금만 가면 있잖아? 하루키도 같이 있으니까."

『만세―! 아, 오빠 콜라! 아 콜라도 마시고 싶어! 까먹으면 안 돼!』

"예예."

『사키― 들었어?! 피자! 처음이야! 오늘 피자래! 배달해주는 그거! 사 오겠다는 모양이지만!』

"……나 참."

츠키노세에 없었던 피자라는 음식에 금세 기분이 좋아져서는 잔뜩 신이 난 히메코.

하야토는 여전히 간단한 동생의 모습에 쓴웃음 지으며 전화를 끊고, 하루키를 돌아봤다.

"그래서 오늘은 피자로 했어. 이것도 처음이네."

"사실은 나도. 그건 혼자서는 도저히 못 먹는 양이니까. 주문해본 적도 없거든."

그리고 피자집을 향해 들뜬 발걸음을 옮겼다.

걸어가면서 오늘 일을 다시금 떠올렸다.

평소와 다른 누군가가 되어, 평소에는 하지 않는 놀이를 하고, 처음으로 피자를 저녁으로 먹어보더라도 무언가가 변하는 것은 아니다.

그 사실을 확인한 하야토는 지금 이 가슴에 있는 진심이 담긴 마음을 흘렸다.

"내일 가을 축제, 기대되네."

돌아본 하루키는 눈을 점점 크게 뜨고, 숨을 삼켰다.

"응, 그러네!"

그리고 진심이 담긴 미소를 꽃피웠다.

웃기지마!

부 활동이 끝나고 학교에서 돌아가는 길.

카즈키는 급행 전철로, 평소보다 한 역 앞에서 내렸다.

처음으로 보는 역내의 모습에 조금 당황하며 개찰구를 지났다.

눈에 비치는 것은 잘 모르는 거리. 해질녘이기도 해서 회사가 학교에서 돌아가는 사람들이나, 근처에서 장을 보러 오는 사람들로 북적였다.

이곳에 딱히 용건이 있는 것은 아니었다.

그저, 바로 집으로 돌아가고 싶지 않았다.

집 안에 틀어박혀 있으면 싫은 일만 떠오르고 말 것 같았으니까.

주위로 스윽 시선을 향하고 대로로 나가서 집이 있는 방향으로 걸었다. 모르는 길이지만 철로를 놓치지 않도록 걸어가면 돌아갈 수 있을 것이다.

등을 구부리고 멍하니 아스팔트를 바라보며 다리를 움직였다. 표정은 밝지 않았다.

가슴속은 뒤죽박죽이었다.

이마에 손을 대고는 거칠게 머리카락을 붙잡고 한숨을 흘렸다. 그러나 그 소리도 옆의 차도에서 배기음을 흩뿌리는

차 때문에 지워졌다.

머릿속에서는 어제부터 계속, 누나의 비밀을 밝혔을 때의 모습이 빙글빙글 소용돌이쳤다.

누나 모모카는, MOMO는, 유명인이다.

그 사실이 알려지는 것은 신경이 쓰일 수밖에 없다. 작년에 명백하게 고립되었음에도 불구하고 누나한테 잘 보이려고 접촉하는 사람들이 있었기에 더더욱.

그들이 그런 사람이 아니라는 것은 머리로는 알고 있다. 믿고 있다.

게다가 언젠가 말해야만 한다고 생각하기도 했다.

하지만 어제는 갑작스러워서 마음의 준비가 되어 있지 않았다.

믿을 수 없다며 놀란 모두의 얼굴, 무슨 이야기를 하면 좋을지 모르겠다는 어색한 분위기, 자신에게 모이는 시선.

그것들은 고립되었을 때에 느낀 것과 비슷해서── 그래서 그때와 같은 반응이 그들로부터 돌아올 거라는 생각에 도망쳐버린 것이었다. 이 어찌나 기개 없는 행동인지.

어떤 얼굴로 대해야 할까.

오늘 아침도 기껏 하야토가 평소처럼 말을 걸어줬는데. 불안이 덮쳐들고, 자신의 한심함에 눈앞이 흐려졌다.

그때, 눈앞에서 학생 그룹이 걸어왔다. 남녀 일곱. 아마도 연하, 중학생일까.

축제 노점, 집합 장소, 불꽃놀이 시간, 유카타가 어쩌고 그런 대화가 날아들었다. 틀림없이 내일 가을 축제에 대해서 이야기로 꽃을 피우는 것이리라.

가슴이 술렁거렸다.

그들이 무척 눈부셔 보였다.

──내일 가을 축제, 어떻게 하면 좋을까?

자신이 갔을 때를 떠올려봤다.

모두가 짓는 어색한 미소, 거슬리지 않을 정도의 얄팍하고 표면뿐인 대화, 서로를 떠보는 것 같은 배려뿐인 행동.

결코 즐겁다고 여겨질 법한 장면이 아닐 것이다.

"……히메코, 분명 엄청 기대하고 있겠지."

발안자인 친구의 동생 얼굴을 떠올렸다.

겉과 속이 다르지 않고 얼버무리는 게 서투른 애다. 분명 동요를 감추지 못하고 허둥대며 표정이 흐려지겠지. 어제도 그랬다. 혹은 그 상황에 마음이 아파서 상처받은 얼굴을 할지도 모른다.

──예전에 수영장에서 그랬을 때처럼.

"윽!"

그때를 떠올리면 항상 가슴이 쑤신다.

적어도 언제나 한없이 밝고 카즈키를 그저 오빠의 친구로만 봐주는 여자아이는, 웃었으면 좋겠다.

"……역시 안 가는 게 낫겠지."

스스로를 타이르듯 중얼거렸다.

자신만 가지 않는다면 문제가 되지 않을 것이다. 그녀의 미소도 틀림없이 지킬 수 있다.

그래, 괜찮아.

이 일은, 시간이 해결해줄 터.

그러니까 이유를 붙여서 내일 가을 축제는 사양한다——
그것이 최적의 정답일 것이다.

카즈키 안에서 그렇게 결론이 나왔을 때는, 어느샌가 친
숙한 집 근처 역이 가까워지고 있었다. 이제 곧 집에 도착
한다.

"다녀왔——."

카즈키는 귀가 인사와 함께 현관을 열고, 그리고 살짝 미
간을 찌푸렸다. 누나 외에 익숙하지 않은 여성의 신발이 있
었으니까.

마이페이스인 누나에게 굳이 휘둘릴 것을 알면서도 굳이
찾아올 이상한 사람은 한정되어 있었다.

해당되는 상대를 떠올리며 조금 퉁명스러운 표정으로 거
실에 얼굴을 내밀었다.

"다녀왔어, 누나. 와 있었구나, 아이리."

"오?"

"야호——, 실례하고 있어, 카즈키치."

카즈키는 예상 그대로의 인물이 있는 것을 확인하고, 그리
고 두 사람이 손에 든 것을 보고는 살짝 눈매가 가늘어졌다.

"그건……."

"응? 유카타. 어때?"

아이리는 눈앞에서 유카타를 대고 빙글 돌았다. 화사해서 그녀에게 잘 어울려 보였다.

하지만 카즈키는 대답이 궁해지고 말았다.

무슨 생각일까?

어제 일을 다시금 떠올리고 제멋대로라고는 생각하면서도, 카즈키 안에 석연치 않은 감정이 있는 것은 사실.

조금 굳은 목소리로 물었다.

"⋯⋯그거, 어떻게 할 거야?"

"우리도 가을 축제에 갈까 싶어서."

"⋯⋯저기, 또 소동이 벌어지지 않을까? 게다가 누난 그런 거 거북하다고 틀어박힐 때도 많으면서."

"응―, 어설프게 감추지 말고 당당하게 있으면 의외로 모르지 않을까?"

"우리도 여고생답게, 그런 거 즐겨보고 싶으니까."

"노점이 우리를 기다리고 있어."

"호, 호오⋯⋯."

누나는 평소 그대로인 마이페이스로 손톱을 만지작거리며 대답했다.

예상 그대로의 대답에 뺨이 굳어지는 것을 느꼈다.

하필이면 가을 축제라니, 하는 생각도.

"하아."

한숨을 한 번 쉬고 조금 뜨거워진 머리를 식히고자 이 자리를 벗어나려는데, 아이리가 "있잖아"라고 불러 세우듯이 날카로운 목소리를 던졌다.

"너희도 가을 축제 가는 거지? 뭣하면 아예 우리랑 같이 안 갈래?"

"그 긴 흑발 애, 재미있고 귀여웠어. 그런 수준인 사람이 함께 있다면 우리도 눈에 띄지 않아서 소동도 안 벌어질 테니까 이득이야."

"안 갈 거야."

"──어."

아이리의 놀란 목소리가 귓전을 때렸다.

"안 간다, 기보다 못 가. 어제 애들한테 누나가 MOMO라는 걸 들켰거든. 오늘 학교에서도 계속 어색해서, 그래서. ……내가 가면 분위기가 나빠질 테니까…… 그러니까 못 가. 아하하……."

그렇게 잘라 말한 카즈키는 얼굴을 피하고 눈을 내리깔았다. 그건 자조였다.

비아냥 같은 기분 나쁜 소리라는 건 알고 있었다. 그럼에도 말이 나오니 멈출 수가 없었다.

아이리나 모모카가 잘못한 것은 아니다. 그 일은 우연이었다. 하지만, 그녀들이 원인인 것도 분명했다.

머리로는 이해하지만 감정으로는 딱 잘라지지를 않는 것이다.

말할 만큼 말하고 머리도 좀 식은 뒤.

아무리 그래도 과했다고 반성하며 시선을 원래대로 되돌리자, 노기마저 느껴지는 아이리의 얼굴이 다가왔다. 아름다운 눈썹을 추켜올린 채 무척 진지해 보였다.

"웃기지 마!"

아이리의 날카로운 예상 밖의 말에 움찔 어깨를 떨었다. 처음 보는 표정이었다.

"아니면…… 그 애들을, 바보 취급하는 거야?"

"윽! 아이리!"

그러나 이어지는 말에 단숨에 머리로 피가 올라서 거친 목소리를 내고 말았다. 그것은 카즈키에게 도저히 허용할 수 없는 이야기였다.

카즈키는 눈에 힘을 싣고 찌릿 꿰뚫을 기세로 노려봤다.

하지만 아이리도 더더욱 날카로운 눈빛으로 대답했다.

"그게, 그건 그 아이들이, **고작** 모못치 선배의, MOMO의 동생이라는 걸 안 정도로 태도가 바뀌는 사람이라고, 그런 사람들이라고 하는 거나 마찬가지잖아!"

"그건…… 네가 뭘 알아!"

"알아!"

"윽!"

"나, 어제도 그 여자애랑 이야기했어! 무척 성실하고 솔직하고, 사람을 색안경을 끼고서 볼 법한 사람이 아니라고, **그 녀석들**과는 다르다고……! 그건 카즈키 군이 훨씬 더 잘 알잖아?!"

"윽! 그건⋯⋯."

"그렇다면! 그렇다면, 어째서 **친구**를 믿어주지 않는 거야⋯⋯?"

아이리는 촉촉한 눈으로, 떨리는 목소리로 말을 흘렸다.

그것은 마치 기도와도 같아서—— 그래서 카즈키의 마음으로 스르륵 들어왔다.

정말로 그 말 그대로였다.

하야토도 다른 아이들도, 친구를 믿고 있다.

믿지 않을 리가 없다.

이제까지의 짧다고 단언할 수는 없는 인연 가운데 그런 것은 잘 알고 있다.

그럼에도 가슴에 손을 대고 이것저것 다시금 생각하면, **과거의 일**이 뇌리를 스쳐서 얼굴이 잔뜩 일그러지고 만다.

이제 와서 주저하는 이유는 하나.

"——무섭거든."

"⋯⋯무서워?"

"배려하게 만드는 게, 실망시키는 게, 이제까지의 나와는 다르게 여겨지는 게⋯⋯. 미움을 받고 싶지 않거든⋯⋯."

그렇다, 무섭다. 미움받고 싶지 않다.

생각해 보면 그런 이야기를, 과거의 공범자에게 토로하고 있었다.

아무리 믿고 있어도, 과거에 배신자라고 비난받았을 때의 아픔이 계속 마음속에 박혀서 욱신욱신 아팠다. 이 어찌나 한심한 일일까. 얼굴이 일그러졌다.

겁쟁이가 되었다는 것은 안다. 그것을 벗어나려고도 했다.

하지만 결국에는 전혀 안 되어서, 자조하고 말았다.

하지만 아이리는 그런 카즈키를 감싸듯이 미소를 지었다.

"그런 표정 짓지 마."

"……어?"

"그렇게 무리하는 미소를 지으면, 그 사람들은 함께 가슴 아파할 거야…… 그런 멋진 사람들이잖아?"

"……아."

"그러니까, 살짝만 용기를 내서 웃는 거야. 가슴 펴."

"……응, 그래. 그러네. 고마워, 아이리."

"후후, 천만에."

아이리는 활짝 웃고, 카즈키를 우향우시켜서 등을 꾹 밀었다.

"아이리?"

"자, 좋은 일은 서둘러야지. 그 애들, 엄청 애태우고 있는 거 아냐?"

"아, 그럴지도."

"그렇지?"

아무래도 자기 방으로 돌아가서 빨리 연락하라고 하는 모양이었다.

그러나 위화감을 느꼈다.

그리고 그 이유를 금세 깨달았다.

아이리의 표정이, 계약으로 사귀던 무렵과 달랐다.

하지만 그것은——.

카즈키는 주저했다. 그것은 아이리에게 포지티브한 것인가, 네거티브한 것인가.

말한다면 불쾌하게 만들거나 상처를 줄지도 모른다.

하지만 기왕 용기를 내라고 배운 참이다. 그리고 이오리와 에마에게는 말로 표현하는 것의 중요성을 배웠다.

음, 숨을 삼키고 입을 열었다.

"그, 아까 아이리 네 말은 굉장히 올곧았어. 중학교 2학년 체육대회 릴레이 때처럼."

"………………어?"

"기억 안 나? 우승이 걸린 중요한 경기에서, 운동부뿐이니까 보통은 겁을 먹거나 져도 당연하다고 생각할 텐데, 그래도 최선을 다해서 달렸잖아. 그게 선명하고 눈부셔서…… 그래서 그때, 처음으로 말을 건넸다고 생각하는데……."

"……그런 일이 있었던가."

"아하하, 있었어."

카즈키는 의아해하는 아이리의 목소리를 뒤로, 자기 방으로 돌아갔다. 그리고 가방 안에서 스마트폰을 꺼내고 침대 가장자리에 앉았다.

통화…… 를 하기에는 조금 주저된다. 솔직히 직접 목소리를 나누기에도 조금 더 마음의 준비가 필요했다.

하지만 자신의 의지를 전하고 싶어서, 메시지를 열었다.

몇 번이고 썼다가 지우기를 반복하고, 해는 완전히 져서 방에는 스마트폰의 불빛만이 남았을 무렵, 간신히 보내도 되겠다고 여겨지는 내용을 모두 적었다.

그리고 심호흡을 하고, 기세 그대로 송신을 터치했다.

『내일 집합 장소랑 시간은 그대로지?』

그런 별것 아닌, 평범을 가장한 메시지.

이것저것 계산한 데다 예방선을 쳤다는 건 알고 있었다.

가슴이 몹시 술렁이고, 아직 대답은 안 왔나 애가 탔다.

1분일까, 2분일까, 아니면 5분일까.

화면을 노려보기를 잠시.

못 알아차렸을 수도 있고, 바로 대답할 수 없는 상황일지도 모른다. 그렇게 스스로를 타이르고 몸을 일으켰을 무렵, 하야토한테서 답변이 왔다.

『변경 없어. 현지에서 네 시 반.』

무뚝뚝한, 그다운 내용.

하지만 몇 줄의 공백 아래에, 한 문장이 덧붙여져 있었다.

『늦으면 안 된다.』

카즈키가 올 것을 확신하는 그런 말에, "그래"라고 중얼거리고 눈두덩이가 뜨거워졌다.

"아이링, 바래다줄게."

게으른 모모카는 드물게도 그런 말을 했다.

　딱히 거절할 이유도 없어서 아이리는 환하게 가로등이 비추는 주택가를, 모모카와 손을 잡고서 걸었다.

　이윽고 많은 차들이 오가는 대로가 보일 무렵. 아이리는 툭하니 가슴속의 말을 흘렸다.

　"카즈키치는 비겁해요."

　"……아이링."

　"나만 기억한다고 생각했는데…… 그런 말을 듣는 쪽의 입장도 되어보라고."

　"……응, 그러게."

　"아— 정말, 바보! 바보바보바보, 카즈키치 바보! 난봉꾼! 천연 바람둥이!"

　"내 교육의 영향이 이상한 식으로 작용했나—."

　그런 모모카의 딴죽에 쿡쿡 웃었다.

　하지만 아이리의 표정이 확 일그러졌다.

　"하지만 이런 걸로 기뻐하고, 더더욱 포기하지를 못하는, 나는 바보……."

　아이리는 눈물로 목소리가 떨렸지만, 그것은 대로를 달리는 트럭 소리에 지워졌다.

　걸음을 멈추고 그 자리에 서 있는 아이리.

　모모카는 그런 아이리를 옆에서 꼬옥 끌어안았다.

　"나는 아이링을 좋아해."

　"…………응."

가을 축제, 소중한 사람과

가을 축제 날.

하야토는 세면대에서 스마트폰을 한 손에 들고서 복잡한 표정을 짓고 있었다.

거울에 비치는 것은 유카타를 입은, 비일상적인 자신의 모습.

"이상, 하진 않지……?"

유카타는 처음 입어 본다. 인터넷으로 필사적으로 매듭 방법을 조사한 띠가 정말 제대로 매인 건지, 몸에는 맞게 입은 건지 무척 걱정되었다.

그러자 신기하게도 헤어스타일까지도 제대로 됐는지 신경이 쓰이기 시작했다.

앞머리를 한 움큼 붙잡고서 미간에 주름을 짓고 있었더니 거실에서 재촉하는 목소리가 날아들었다.

"오빠, 아직이야—?"

아무래도 히메코 쪽은 진즉에 준비가 된 모양이었다. 평소와는 반대의 구도에 쓴웃음.

그리고 거울 안의 자신을 흘끗 보고 생각하기를 잠시.

거실로 돌아온 하야토는 뜻을 다지고 히메코에게 도움을 청했다.

"저기, 히메코. 머리카락 좀 어떻게 하고 싶은데, 도와주지 않을래?"

"……어?!"

히메코의 눈이 믿을 수 없다는 듯 점점 커지며 동그래졌다.

그렇게까지 이상한 소리를 했나. 동생의 반응에 뾰로통한 표정을 짓는 순간, 히메코가 후다다다다닥 달려와서 손을 잡아끌어 소파에 억지로 앉혔다. 얼굴에는 만면의 미소를 짓고 응응, 고개를 끄덕였다.

"좋다고, 응, 오빠, 좋아, 생각보다 더 잘 어울려. 밝은 색깔이라 의외로 귀여운 느낌이니까, 기왕이면 헤어스타일도 제대로 거기에 맞추고 싶어 하는 것도 당연한 일이야!"

"윽! 어, 어어, 뭐, 응……."

내심 살짝 그렇게 생각했는데 동생이 꿰뚫어 본 것처럼 지적하고, 부끄러운 탓에 쌀쌀맞은 대답을 하고 말았다.

하지만 히메코는 딱히 신경 쓰지도 않고 신이 나서 오빠의 머리카락을 만졌다.

"그러고 보니 유카타, 오빠가 고른 거야? 느낌이 꽤 괜찮아. 평소에는 그런 쪽으로 흥미가 없으니까 의외였는데."

"최종적으로 결정한 건 나지만 후보들을 찾아온 건 카즈키야."

아무렇지도 않게 나온 카즈키의 이름에 한순간 손이 멈추는 히메코.

조금 그랬나 싶어서 미간을 찌푸린 것도 한순간, 히메코는 금세 손의 움직임을 재개했다.

"그렇구나. 그럼 나도 오빠 친구의 센스에 지지 않도록 열심히 해야겠어."

"그래, 맡길게."

"정말이지, 오빠도 스스로 할 수 있으면 좋을 텐데."

"차차 노력할게."

"예, 다 됐습니다!"

"고마워."

"자, 사키랑 하루도 기다릴 테니까 서둘러서둘러!"

"알았어, 알았다고!"

어떻게 완성되었는지 확인할 틈도 없이, 히메코는 헤어스타일도 이야기도 그것으로 끝이라며 일어서서 얼른 집을 나가자고 등을 밀었다.

현관에서 나막신을 신는 타이밍에 그곳에 있는 전신거울로 흘끗 살펴봤더니, 그곳에는 조금 세련되게 꾸민 자신이 비치고 있었다.

부끄러운 탓에 살짝 뺨이 뜨거워지지만 나쁜 기분은 아니었다.

하야토는 발걸음도 가볍게 역 앞으로 향했다.

가장 가까운 역에 도착해서도 하루키와 사키의 모습은 아직 보이지 않았다. 아무래도 하야토와 히메코가 가장 먼저 왔나 보다.

먼저 표를 구입하고, 스마트폰을 만지작거리는 히메코 옆에서 두리번두리번 주위를 살폈다.

경축일 저녁에 가까운 역 앞은 생각보다 더 활기로 넘쳐났다.

그들과 마찬가지로 축제에 가는지 유카타 차림의 사람도 많았다. 어딘가 들썩들썩 차분하지 못한 분위기가 있었다.

이쪽에서 찾는 것보다는 상대 쪽에서 발견하기를 기대하는 편이 나을지도 모르겠다.

그렇게 생각해서 스마트폰을 꺼내려는데, 조심스러운 목소리가 날아들었다.

"기, 기다렸지……."

"아, 하루…… 하루, 키……?"

타이밍이 좋구나 생각하며 고개를 든 하야토는, 저도 모르게 하루키의 모습에 숨을 삼켰다. 삼키고 말았다.

하얀 바탕에 금붕어가 헤엄치는 어딘가 어린아이 같은 무늬에 선명한 빨간색 띠. 긴 머리카락은 뒤에 경단 모양으로 묶은 건가. 정면에서는 흘끗 머리장식이 보이지만, 그것은 단발처럼도 보여서 살짝 앳된 인상을 주기에—— 과거의 **하루키**를 떠올리게 했다.

그때의 하루키가 성장한다면 분명 이런 느낌일 것이다.

만약 어릴 적, 하루키가 이런 식으로 유카타를 입고 왔다면 남자라고 착각할 일도 없었을지도 모른다.

"……."

"……."

깜짝 놀란 표정으로 그저 눈앞의 하루키를 바라봤다.

가슴이 몹시 술렁거렸다.

무언가 말해야 한다는 것은 알지만 목 안쪽이 바싹 마르고 말문이 막혔다.

그저 애절하게 마주 봤다.

"느, 늦어서 미안해~!"

"'"읏!"'"

그곳으로 사키가 다가왔다.

그 목소리에 헉, 숨을 삼켰다.

"아, 사키, 아무 문제 없어. 지금 연락하려던 참이야. 우리도 좀 전에 왔어."

"와, 와, 전철 온다!"

"정말이네. 마침 타이밍도 맞았으니까 타자 오빠, 하루!"

동시에 건널목 경보도 울리며 전철 도착을 알렸다.

교통카드로 황급히 개찰구를 통과한 히메코와 사키가 멈춰 서 있는 하야토와 하루키에게 빨리 오라고 크게 손을 흔들었다.

그것을 본 하야토는 "응"이라고만 말하고 퉁명스럽게 손을 내밀었다.

하루키가 머뭇머뭇 그 손을 건드리자 하야토는 재빨리 꽉 움켜쥐고 끌어당겼다.

마치 당시의 어린아이 그 자체 같은 반응이었다. 스스로도 그걸 아는 하야토의 살짝 숙인 얼굴은 변명할 수 없을 정도로 새빨갰다.

축제가 있는 신사는 항상 놀러 가는 도심부와는 반대 방향, 교외 쪽으로 전철을 타고 30분 정도 간 곳에 있다.

조금 큰 신사가 있다는 것 말고는 특이할 것 없는 곳이지만, 이날만큼은 비일상으로 가득 채색되어 있었다.

개찰구를 한 걸음 나간 뒤 제일 먼저 시야에 들어오는 것은 곳곳에 장식되어 있는 깃발과 제등, 형형색색의 유카타를 입은 사람들, 그들을 불러들이는 다양한 노점. 넘치는 활기가 안쪽에 있는 신사까지 이어지고 있었다.

츠키노세의 의식 중심인 축제와는 다른, 그야말로 경사스러운 행사.

"와, 사람이 굉장한데. 축제라서 그런가……."

"우리만이 아니라 주변 사람들도 다들 유카타로 가득하니까, 뭔가 다른 나라에 온 것 같네."

"사키, 하루, 오빠! 저거 봐! 노점이 잔뜩 있어!"

"아, 굉장해~! 솜사탕이 빙글빙글~ 폭신폭신~!"

그들은 한순간 할 말을 잃고 우두커니 서 있었지만, 금세 축제의 열기가 몸을 감싸고 기분이 고양되었다.

하루키와 사키도 차분하지 못한 모습으로 눈을 빛내며 신기한 듯 눈앞의 광경을 바라봤다. 히메코는 당장에라도 뛰쳐나갈 것 같았다.

"아, 이오리랑…… 카즈키, 쪽은 아직 안 왔나 보네."

조금 굳어진 목소리로 중얼거리고, 주위를 둘러봤지만 그들의 모습은 보이지 않았다.

스마트폰을 꺼내어 시간을 확인하니 약속 시간까지 앞으로 10분 남짓. 늦는다는 메시지도 오지 않았다.

특히 카즈키에게는 어젯밤 그 일로 못을 박았다. 그 태도를 봐서는 이제 와서 약속을 취소하지도 않을 것이다.

시간이 어중간하게 남았다며 미간을 찌푸리는데 옆에서 꼬르륵, 귀여우면서도 큰 소리가 울렸다.

소리의 주인과 시선이 마주치자 하루키는 얼굴을 붉히고 고개를 숙이며 변명을 늘어놓았다.

"사실은 아침이랑 점심, 거르고 와서……."

하루키다운 이유에, 하야토만이 아니라 히메코와 사키도 그만 웃음을 터뜨리고 말았다.

"정말~, 웃지 마! 축제 노점이 기대돼서 그런 거니까!"

"아하하, 미안, 미안해! 그러니까 손 꼬집지 마!"

"하루키 씨도 참……." "하루도 여전하네……."

하루키가 항의하듯 하야토의 손등을 꼬집고, 하야토는 아프다면서도 뜨듯한 눈빛으로 웃으며 흘려 넘겼다.

쓴웃음 짓는 사키, 히메코는 또 시작이라며 어이없다는 표정.

그리고 그때, 하루키가 아닌 다른 쪽에서 꼬르륵, 또 하나의 커다란 소리가 울렸다.

소리의 주인에게 시선이 모였다. 히메코였다.

수치심에 얼굴을 붉힌 히메코는 어흠, 분위기를 얼버무리 듯이 헛기침하더니 천천히 하루키의 손을 끌어당겼다.

"미얏?!"

"하루, 집합 시간까지 아직 좀 남았으니까, 다들 오기 전에 소리 좀 안 나게 하자고?"

히메코는 재빨리 그렇게 말하며 노점으로 돌격했다. 그대로 끌려가는 하루키. 순식간에 인파 안으로 사라졌다.

그런 두 사람의 뒷모습을 배웅한 하야토와 사키는 얼굴을 마주 보고 쓴웃음.

"뭐, 히메코도 점심 걸렀고, 아침은 요거트만 먹었으니까."

"사실은 저도, 점심은 편의점 샌드위치만 먹었어요."

"이러는 나도, 점심은 오차즈케*로 조금만 먹었어."

"……쿡."

"……하핫."

사키가 날름 혀를 내밀며 짓궂은 표정으로 그런 말을 하니, 하야토도 비밀을 털어놓고 쿡쿡 함께 웃었다.

이러니저러니 해도 하야토든 사키든, 축제의 음식들을 기대했던 것이다.

"……응?"

"무슨 일 있나요?"

---

*밥에 녹차를 붓고 고명을 얹어서 먹는 음식.

"어, 아니……."

문득 이상하게도 시선이 날아드는 것을 깨달았다.

무슨 일일까 싶어서 그들이 보는 곳을 따라갔더니 사키에게 다다랐다.

아까는 하루키 일도 있고 전철도 생각했던 것 이상으로 혼잡했기에, 다시금 사키의 모습을 살폈다. 그리고 납득했다. 그렇구나.

오늘 사키의 모습은 빨간 바탕에 하양과 검정으로 심플한 무늬가 그려진 화사한 유카타에, 특징적인 색소 옅은 머리카락을 말아 올린 트윈테일. 귀여우면서도 화사한 모습이었다.

츠키노세에서 자주 보았던 무녀 옷과 같은 빨강과 하양이 주체가 된 유카타, 머리도 마찬가지로 둘로 땋았는데도 교실 같은 곳의 카스트 최상위에 있을 법한 인싸 여자 같았다.

예전에 츠키노세에서 본 그녀가 눈앞의 여자아이로 덧칠되는 것 같은, 그런 기묘한 착각에 빠져서 두근두근하고 말았다.

그런 사키가 어리둥절해서 귀엽게 고개를 갸웃거리고 얼굴을 들여다보니, 황급히 변명하듯 입을 열었다.

"아, 오늘 사키는 츠키노세에서 본 이미지랑 요전에 그 도시에 어울리는 느낌이 같이 보여서, 신선하지만 친근하다고 할까, 인식이 이래저래 바뀌었다고 할까……."

"후훗, 그렇게 말해주니 기뻐요. 사실은 그런 쪽으로도 의식했어요."

"저기, 그게, 무척 예쁘다고 생각, 합니다⋯⋯."

"예, 예쁘⋯⋯ 아으으~⋯⋯."

전날과 마찬가지로 또다시 허둥지둥하며, 어떻게든 생각한 그대로의 말을 꺼냈다. 요새는 사키를 상대로 계속 페이스가 흐트러지는 듯했다. ⋯⋯원인이 명백한 만큼 더 심각했다.

한편 사키는 하야토의 직설적인 칭찬에 숨을 삼키고 얼굴을 새빨갛게 물들였다.

하지만 그것도 한순간, 입술을 꽉 다무는가 싶더니 몸을 돌리고, 이내 한 손으로 살며시 머리카락을 옆으로 치웠다.

"오늘은 헤어스타일도 신경 써봤어요. 평소에는 가리는 목덜미라든지⋯⋯ 어때요?"

"?!"

이번에는 하야토가 얼굴을 새빨갛게 물들일 차례였다.

평소에는 가려져 있는, 사키의 날씬한 목덜미가 무방비하게 드러나 있었다. 꿀꺽 침을 삼켰다.

막 내린 눈처럼 희고 부드러운 살결은 고혹적이라, 마구 밟아서 자기 것이라 마킹하고 싶다는, 그런 괘씸한 생각마저 들었다.

"오빠, 두근두근했나요?"

"어?! 어― 아니, 그게⋯⋯."

"쿡."

돌아본 사키는 장난이 성공했다는 듯 어린아이 같은, 그러면서도 요염함이 배어 나오는 미소를 짓고 있었다. 이상하게도 두근두근 가슴이 뛰고 말았다.

아무래도 사키는 겉모습만이 아니라 마음도 평소보다 대담하게 변신한 듯했다.

하야토는 항복했다는 듯 가볍게 손을 들었다.

"여자애는 참 다양한 얼굴을 가지고 있네. 놀랐어……."

조금 전의 하루키도 그렇고, 절도 없이 마구 두근대는 스스로가 어이없어서 괜한 악담을 늘어놓았다.

"아, 하야토."

"안녕, 키리시마 군."

"이오리, 그리고 이사미도 안녕."

그곳으로 이오리가 팔랑 손을 들고 에마와 함께 다가왔다.

두 사람의 표정은 다소 굳어 있지만 손은 단단히 잡고 있었다. 게다가 전날과 마찬가지로 깍지 손이기에 필연적으로 거리도 가까웠다.

어두운 감색 바탕에 화려한 무늬의 유카타 차림인 이오리와 남색 바탕에 조심스러운 꽃을 장식한 유카타 차림의 에마. 나란히 있으니 무척 잘 어울려서, 어딘가 장난꾸러기 동생과 그것을 나무라는 누나 같은 온화한 분위기였다.

하야토의 표정도 흐뭇하게 바뀌었다.

그러자 사키가 눈을 환하게 반짝이며 양손을 짝 맞댔다.

"에마 씨, 결국 그쪽을 골랐군요!"

"응, 뭐 그렇지. 다른 쪽은 그게, 조금…… 그랬지?"

"확실히 코스프레 같은 느낌이었죠. 기녀 같다고 할까."

"아무리 그래도 그걸 입고 밖에 나간다니…… 그러니까 그쪽은 다음에 또 방 안에서 몰래…… 아!"

"그쪽도 샀군요!"

"에마?!"

"~~~~웃!"

생각지 않은 에마의 고백에 깜짝 놀라는 이오리.

에마가 부끄러운 듯이 "이오리, 그런 거 좋아하니까"라고 중얼거리니 이오리도 얼굴을 더욱 새빨갛게 물들이고 "고마워, 기대할게"라는 말을 애써 꺼냈다.

보는 것만으로도 입 안이 달달해질 것 같은 분위기가 흘렀기에, 눈을 가늘게 뜨고서 지켜봤다.

그러자 이오리가 이 분위기를 참을 수 없다는 듯 입을 열었다.

"그리고 보니 하야토, 다른 사람들은? 무녀님뿐이야?"

"히메코랑 하루키는 같이 있는데……."

이오리의 질문에 머뭇거렸다. 글쎄, 뭐라고 말해야 할까.

미간에 주름을 짓고 있었더니 등 뒤에서 "아!"라는 목소리가 들렸다.

돌아보니 하루키와 히메코.

양손에 타코야키, 오징어구이, 야키소바, 닭튀김 꼬치에 오코노미야키까지, 완전히 제대로 먹어주겠다는 태세였다.

"와, 에마 씨 유카타 예뻐요! 남자친구랑 같이 있으니까 잘 어울리네요⋯⋯ 그렇지, 하루?"

"응응, 그만큼 엄선했으니까."

"고, 고마워 하루키, 히메코. 둘 다 그, 잘 어울려."

"그, 그런가, 에헤헤."

"오늘은 저 헤어스타일 같은 것도 신경 많이 썼어요!"

그 자리에서 빙글 돌며 유카타 차림을 어필하는 히메코.

하얀 바탕에 빨강과 검정 줄무늬 유카타를 입고, 위로 세운 포니테일을 만든 히메코는 천진난만한 느낌을 남기면서도 어른스러운 분위기를 자아내고 있었다.

히메코도 하루키나 사키와 마찬가지로 사람들의 시선을 끄는 미소녀였다.

하지만 둘 다 손에는 노점에서 산 먹을거리를 대량으로 들고 있어서, 하야토는 완전히 여성스러움보다 식욕으로 가득한 동생의 모습을 보고 아픈 관자놀이에 손을 댔다.

어느샌가 사키도 가담해서 유카타 담소로 꽃을 피우는 여성진.

그걸 옆에서 보며 이오리가 중얼거렸다.

"남은 건 카즈키뿐이구나⋯⋯."

"어, 그러네⋯⋯."

카즈키에 대해 이야기하는 둘의 음색은 굳어 있었다.

마음에 걸리는 것은 역시나 전날 밝혀진 비밀, 카즈키네 누나에 대한 것.

그 뒤에는 카즈키만 도망치듯이 먼저 돌아갔었다. 어제 학교에서 만났을 때는 명백하게 이쪽을 피하고 있었다.

이래저래 신경이 안 쓰인다면 거짓말이다.

"안녕, 기다리게 한 모양이네!"

그곳으로 카즈키가 조금 거친 호흡으로 달려왔다.

시선을 향했더니 그의 등 뒤로 2인조 여성이 아쉽다는 표정을 짓는 것이 보였다.

카즈키의 복장은 시크하고 차분해서 얼핏 수수하게도 보이지만, 어딘가 어른스럽고 고풍스럽기도 해서 여자들이 말을 건넬 만한 미남을 연출했다.

하야토는 이오리와 얼굴을 마주 보고 쓴웃음을 흘렸다.

"아, 뭐냐, 오늘도 또냐."

"너희를 보고 간단히 물러나 줬으니까 그래도 나은 편이야."

"그렇구나."

"응."

"……"

"……"

그리고 대화가 끝나버렸다.

서로가 어색한 미소를 지었다. 말이 나오지 않았다. 이오리도 곤란하다는 표정으로 미간을 찌푸리고 있었다.

적잖이 불편한 분위기가 흘렀지만 금세 그것을 "아―앗!" 하는 히메코의 목소리가 찢어발겼다.

"봤다고요 카즈키 씨, 또 헌팅 당했나요? 여전히 인기가 엄청나네요—!"

"히메코?" "히메코."

히메코는 마치 전날의 일 따위는 아무것도 아니었다는 듯, 평소와 다름없는 태도로 카즈키에게 말을 건넸다.

"그보다 저번엔 누나 일로 엄청 놀랐어요! 그래도 이만큼 인기 있는 것도 뭔가 납득이 됐다고 해야 되나."

"어, 아, 응⋯⋯?"

그리고 그들이 미처 꺼내지 못하던 화제로 태연하게 뛰어들었다.

역시나 다들, 분위기를 못 읽는다고도 할 수 있는 히메코의 태도에 조마조마하고 말았다.

카즈키도 당황을 감추지 못했다.

그러자 히메코는 문득 다정하게 미소 지었다.

눈을 크게 뜨고 말았다.

그날.

츠키노세에서 돌아온 날 밤.

하야토에게 보여준 자애로 넘치는 어른스러운 얼굴과 겹쳐져서, 숨을 삼켰다.

히메코는 하야토와 마찬가지로 눈을 크게 뜬 카즈키에게 쿡쿡 웃고, 조금 놀리는 것 같은 음색으로 노래하듯 말했다.

"왜 시무룩한 표정이에요. 설마 아까 말 건 여자들이 생각나서 도망친 게 아까워진 거예요?"

"아, 아니 그런 건⋯⋯."

"저 있죠, 요전부터 조금 전까지 계속 생각했거든요. 하지만 이렇게 만나서 잘 알게 됐어요. 물론 그저께는 놀랐지만 누나는 누나, 카즈키 씨는 카즈키 씨. 오빠 친구이고, 이제까지랑 다른 건 아무것도 없다고."

그러면서 히메코는 단 한순간, 하루키에게 흘끗 시선을 향했다.

그리고 손에 들고 있던 하나만 먹은 닭튀김 꼬치를 불쑥, 카즈키의 입 안으로 집어넣었다.

"으음?!"

"자자, 이거라도 먹고 평소처럼 웃어서 기분을 끌어올리자고요! 모처럼 축제에 왔잖아요, 그렇죠?"

평소 같은 얼굴로 돌아와 생글생글 웃는 히메코.

상황을 따라가지 못하고 눈을 끔벅거리며 닭튀김을 씹는 카즈키.

갑작스러운 일에 모두가 어안이 벙벙한 가운데, 갑자기 사키가 놀라서 소리 높였다.

"히메가 자기 먹을 걸 다른 사람한테 줬다고~~~~?!"

"어?! 정말이다…… 히메코, 가……?!"

그런 사키의 지적에 하야토도 그만 경악하고 말았다.

요란을 떠는 하야토와 사키. 하루키도 깜짝 놀라서 눈을 끔벅거렸다.

그러자 닭튀김과 함께 많은 것들을 삼킨 카즈키가 참을 수 없다는 듯 웃음을 터뜨렸다.

"······풉. 아하하하하하하하하핫!"

"카, 카즈키 씨?! 저, 정말, 오빠랑 사키, 방금 그건 무슨 뜻이야?!"

"무, 무슨 뜻이기는······ 그 히메코가?"

"응, 히메가 자기 몫의 먹을 걸······."

"으음~~~~."

뾰로통하게 입술을 삐죽이는 히메코.

그리고 하야토와 사키가 추가타를 날리듯 딴죽을 거니, 모두에게도 웃음이 퍼졌다. 분위기가 차차 이제까지와 같은 느낌으로 돌아갔다.

하지만 혼자 기분이 상한 히메코에게, 평소의 웃음을 되찾은 카즈키가 말을 건넸다.

"고마워, 히메코. 닭튀김 엄청 맛있어서 기운이 났어. 감사의 표시로 뭐든 마음에 드는 거 사줄게."

"아! 사준다고요?!"

"살살 해야 된다?"

그 말에 기분이 확 좋아진 히메코는, 돌변해서는 빨리 가자고 떠들어대며 카즈키의 팔을 잡아당겼다.

당황한 카즈키는 그대로 끌려갔다. 조금 전의 하루키처럼.

"······우리도 갈까."

"그러네."

"예!"

그리고 다른 이들도 뒤따랐다.

츠키노세와는 다른, 도시의 축제가 시작되었다.

우선은 배를 채우는 흐름이 되었다.

각자가 먹고 싶은 것을 찾으며 시끌벅적한 축제 안을 걸었다.

거리 곳곳에 설치되어 있는 스피커에서 들리는 축제 음악.

대로 양옆으로 빼곡하게 늘어선 노점에서 풍기는 식욕을 돋우는 향기.

여기저기서 터지는 사람들의 즐거운 웃음소리.

이날에만 볼 수 있는 특별한 거리의 얼굴.

오가는 사람들은 다들 유카타를 입고 있기에 마치 이세계로 들어오는 공항 같다고 생각하며, 눈앞에서 신이 난 두 사람을 봤다.

"와, 베이비 카스테라 맛있어! 카즈키 씨, 진짜 한 입도 안 먹어요?"

"아, 아하하. 아까 나도 붕어빵에 크레이프, 버터 감자도 먹었으니까…… 히메코는 아직도 들어가는구나……."

"아직 한참 더 들어간다고요ㅡ. 아, 오므라이스 소바다! 군옥수수도 있어!"

"히메코?!"

사양이라는 리미터가 풀린 히메코의 식욕에 휘둘리며 전율하는 카즈키.

하야토는 타코야키를 먹으며, 아무리 그래도 지나치게

까불대는 동생에게 무언가 말하는 편이 나을까 미간을 찌푸렸다.

그때 사키가 말을 건넸다.

"오빠, 무슨 일 있나요?"

"아니, 아무리 그래도 카즈키를 좀 도와주는 편이 낫겠다 싶어서."

"아하하, 히메 엄청 들떴으니까 말이죠."

"뭐, 히메코의 기분도 모를 건 아니긴 해. 이 타코야키, 뭔가 싸구려 맛인데도 엄청 맛있게 느껴지니까."

"아, 저도 알겠어요! 이런 장소라서 그런 거겠죠. 그리고 평소에 먹은 적이 없는 음식 같은 게 있으면 그만 손이 가버리기도 하고."

"그러고 보니 사키가 먹는 건 되네르 케밥이었던가? 튀르키예 요리라던데."

"예! 가게 앞에서 고깃덩어리가 빙글빙글 도는 게 굉장히 임팩트가 있어서, 어느샌가 사버렸어요!"

"그건 나도 먹어본 적이 없네."

"그럼 한 입 먹을래요? 최근에 생긴 유명한 가게에서 나왔다는데, 축제 분위기를 빼고 봐도 무척 맛있어요."

"어, 그럼 기꺼이."

"……아."

사키가 내민 케밥을 한 입 덥석.

그러자 묵직하니 달콤짭짤한 소스에 버무린 소고기를 양

배추와 슬라이스한 양파가 받아주고, 얇게 구운 빵과 함께 입 안에서 혼연일체가 되었다.

그렇구나, 햄버거와는 다른 맛이 있었다. 흰 밥과도 맞을지도 모르겠다.

"……응, 확실히 이건 맛있네. 나도 다음에 이걸 살까…… 어, 사키?"

케밥에 대한 감상을 이야기하는데, 어찌 된 영문인지 뺨을 붉히고 시선을 헤매는 사키.

하야토가 의아하게 생각하는데 사키는 살며시 시선을 피하고, 말하기 힘들다는 듯 이유를 이야기했다.

"그, 간접 키스가 되어버렸구나 해서……."

"?!"

지금 막 그 사실을 깨달은 하야토는 가슴이 크게 두근거렸다.

너무나도 자연스러운 흐름으로 내밀었기에 그런 의식조차 없었다.

"그게, 그거야! 친하면 많이들 반찬을 바꿔 먹거나 주스를 돌려 마시거나 하니까, 평범한 일이야!"

"아, 예! 저, 저랑 오빠는 친하니까, 이 정도는 평범하겠죠!"

"응응, 평범해, 평범!"

"후훗, 에헤헤."

사키가 수줍은 심정을 감추고자 헤실 웃었다.

똑같은 태도로 대한다── 사키가 바라는 일이기도 해서

최근에 그녀와의 거리가 급속하게 줄어들고 있었다.

그렇지만 이럴 때의 대응은, 이성과의 거리감을 잡는 방법은 무척 어렵다.

연상이니까 동생의 친구에게 의지할 수 있는 오빠로서의 모습을 보여주고 싶다는 약간의 허세도 있기에 더더욱.

하야토가 그런 식으로 내심 살짝 곤란해하고 있는데 누군가 툭툭 어깨를 두드렸다.

"응? 하루키?"

돌아보니 그곳에는 초코바나나를 한 손에 든 하루키.

입을 ω 모양으로 만들며 마치 장난이 떠올랐다는 표정을 짓고 있었다. 좋지 않은 예감이 들었다.

"자, 이건 초코바나나입니다."

"……초코바나나네."

"뭔가 검게 빛이 나고, 젖혀진 것처럼 보이네."

"……초코바나나니까."

"역시, 클리셰는 중요하다고 생각하거든."

"어, 야!"

혀끝으로 입술을 요염하게 날름 핥은 순간, 하루키의 분위기가 바뀌었다.

하루키는 고혹적인 눈빛에 어딘가 틈이 있으면 유혹하겠다는 듯한 교태로, 쿡쿡 요염하게 미소 지었다.

사키가 숨을 삼켰다. 하야토는 그저 빤히 흘겨봤다.

"후우~…… 날름…… 응."

음탕하게 젖은 표정으로 초코바나나에 뜨거운 숨결을 불어넣는가 싶더니, 젖혀진 부분을 날름 핥자 번들번들 타액이 빛났다. 그곳에 쪽 키스를 했다.

　주위를 걷는 사람들도 그런 하루키에게 못 박혔다. 칠칠치 못한 표정이 주목을 모은 것이다. 하야토의 얼굴이 점점 더 험악해졌다.

　"아음…… 으응, 응…… 쪼옥."

　하루키는 그런 건 알 바 아니라며 제대로 분위기를 타서 초코바나나를 단숨에 목구멍 안쪽까지 물었다. "응" 하고 한순간 미간을 찌푸리고는 빨았다.

　사키는 "아와와"라고 머리에서 김이 나올 것만 같이 얼굴을 붉히고, 주변의 신사들이 몸을 구부정하게 앞으로 숙이고, 하야토는 잔뜩 미간에 주름을 짓더니── 에잇, 하루키의 정수리에 기세 좋게 손날을 휘둘렀다.

　"인마, 먹을 거로 장난치지 마!"

　"으응~~?! 응, 콜록, 콜록!"

　머리에 받은 충격 탓에 초코바나나를 깨문 뒤 삼키고는 콜록대는 하루키. 꽉 움츠러들어서는 아픈 듯 얼굴을 찌푸리는 신사 제군.

　하야토가 어이없다는 한숨을 흘려도 하루키는 니히히 웃을 뿐.

　그리고 정신을 차린 사키가 불쑥 하루키에게 다가갔다.

　"하, 하, 하, 하루키 씨! 아직 밝은 시간이고, 밖이고, 그런 야한 건 안 된다고 생각해요!"

"미얏?! 사키도 의미를 아는구나…… 아니, 그러고 보니 내가 이것저것 그런 게임을 포교했지?!"

"~~~~! 하루키 씨~!"

사키에게 잔소리를 듣는 하루키.

고개를 절레절레 어깨를 으쓱이고 한숨을 흘리는 하야토.

최근에 항상 느끼는 분위기로 돌아왔지만, 조금 전의 하루키에게 살짝 두근거리고 만 것도 사실이었다.

그리고 주위에서 그런 하루키를 야한 눈빛으로 바라보는 것도 몹시 마음에 안 들었다.

가슴속에 소용돌이치는 답답한 기분을 얼버무리려고, 머리를 긁적이고 시선을 피했다.

앞에서는 이오리와 에마가 손을 잡으며 서로 말없이 물풍선을 찰박찰박 가지고 놀고 있었다. 잠시 바라보며 웃었더니, 그걸 알아차린 이오리가 내버려 두라는 듯 뺨을 붉히고 고개를 홱 돌렸다.

그러다 문득 하루키가 신경 쓰이는 이야기를 했다는 사실을 깨달았다.

"그런 게임을 포교……?"

한바탕 노점의 맛을 즐기고, 모두의 허기도 가라앉기 시작했을 무렵.

하야토는 빙수를 쓸어 넣고는 머리가 찡해진 히메코를 제쳐

놓고, 무척 묘한 표정을 짓고 있는 카즈키에게 말을 건넸다.

"저기, 동생이 폐를 끼쳤네."

"하야토 군, 그건 괜찮아. 나도 즐거웠어. 하지만 그게, 으음……."

"……카즈키?"

우물거리는 카즈키를 보고 고개를 갸웃거리는 하야토.

틀림없이 분위기를 못 읽고 거리낌 없이 먹어댄 동생에게 휘둘려서 폐가 되었을까 싶었더니, 그렇지는 않은 듯했다.

어딘가 멋쩍은 분위기가 흐르기를 잠시.

이윽고 카즈키는 조금 미안하다는 표정으로 입을 열었다.

"그게, 내가 사는 곳에, 다들 귀여워하는 지역 고양이가 있는데……."

"사쿠라네코*인가 하는 그거?"

"응, 그래. 그래도 야생 고양이니까 경계심이 강해서, 인간을 보면 금세 도망치는 아이가 많지만……."

"호오, 그래서?"

"그래도 밤에는 반응하니까 열심히 먹이를 주는 사람이 있는데, 그 마음을 조금은 알게 됐어……."

"…………품! 아하하하하하하하하하하!"

"히, 히메코한테는 비밀이다?!"

"알았어알았어."

---

*일본 공익 법인 사쿠라네코의 TNR 수술을 받은 길고양이를 가리키는 말. 한쪽 귀를 벚꽃 같은 모양으로 잘라서 표시하기 때문에 이런 별칭이 붙었다.

갑자기 웃음을 터뜨린 오빠에게 무슨 일이냐며 시선을 향하는 히메코.

히메코는 멜론맛 빙수로 녹색이 된 혀를 하루키와 사키에게 보여주고 있었다.

그런 히메코의 모습에 하야토와 카즈키는 얼굴을 마주하고서 또다시 어깨를 들썩였다.

그러자 그때, 누군가 소매를 꾹 잡아당겼다.

시선을 그쪽으로 향했더니 들썩들썩하는 분위기의 하루키.

눈동자에는 호기심과 함께 어딘가 도발적인 불씨가 깃들어 있었다.

"하야토, 저거 봐."

"탱탱볼 건지기…… 아아 탱탱볼, 그립네."

"그렇지!"

"탱탱볼…… 이란 게 뭔가요?"

옛날에 자주 가지고 놀던 장난감을 그립다는 눈빛으로 바라보는 하야토.

그 사이로 사키가 잘 모르겠다는 표정으로 대화에 끼어들었다. 음~ 하며 턱에 손을 대고서 생각하고 대답했다.

"간단히 말하면 엄청 잘 튀는 고무공이야."

"그래그래! 자주 땅바닥에 던져서, 누가 더 높이 튕기는지 대결했지!"

"아하하, 지붕 같은 데 올라가 버리기도 했지. 여긴 사람이 많고 어디로 튈지도 모르니까 가지고 놀긴 힘들겠지만."

"하지만 누가 많이 따는지 승부는 할 수 있겠지?"

"오, 할까?"

"후훗, 내 뜨개 솜씨를 보여주지. 뭐, 해본 적 없지만!"

"해본 적도 없냐! 뭐, 나도 없긴 한데."

"재미있는 승부가 될 것 같은데. 아, 사키도 갈래?"

"저, 저도요?!"

곧장 사키의 손을 붙잡고 달려가는 하루키.

그것을 본 히메코가 놓고 가지 말라는 듯 남은 빙수를 쓸어 넣다가 또다시 머리를 감쌌다.

동생의 그런 모습에 고개를 절레절레 어깨를 으쓱이자 이오리가 말을 건넸다.

"그럼 너희가 그쪽에 가 있는 동안, 우리는 옆에 있는 뽑기를 하고 올게."

"후훗, 나도 이것만큼은 이오리한테 지지 않으니까! 작년까지의 굴욕을 갚아주겠어!"

"오, 그러냐. 알았어."

이오리와 에마는 투지를 활활 불태웠다.

뽑기에 소꿉친구인 두 사람만 알 수 있는, 양보할 수 없는 무언가가 있는 거겠지.

"히메코, 우리도 뽑기 쪽으로 갈까. 저거, 꽤나 다양한 맛이 있는 모양이야."

"예?! 뽑기에 저거, 먹을 수 있는 건가요?!"

뽑기의 먹는 부분에 반응하는 히메코.

쿡쿡 유쾌하게 웃는 카즈키.

하야토는 무어라 말할 수 없는 표정을 짓고, 하루키와 사키를 뒤따랐다.

찰랑찰랑 작게 흐름이 있는 자그마한 풀장 안을 탱탱볼이 빼곡하게 헤엄치고 있었다.

그곳에서 하야토와 하루키는 뜨개를 한 손에 들고서 격전을 펼치고 있었다.

"으차, 땄어, 땄다고─! 내 승리다─!"

"으그그그그그그그그······."

뜨개를 든 주먹을 하늘로 내지르고 환호성을 지르는 하야토.

이를 갈며 분해하는 하루키.

각자 비어 있던 사발에 처음으로 탱탱볼이 들어왔다. 옆에는 이미 못 쓰게 된 뜨개가 각자 다섯 개씩.

두 사람의 싸움은 무척 레벨이 낮았다.

옆에서 노는 초등학생 같은 아이들도, 사발에는 탱탱볼이 몇 개나 들어 있었다.

"아저씨, 하나 더!"

"야, 하루키. 이미 승부는 났잖아."

"······아가씨, 아직 더 하게?"

너무나도 건지지 못하는 모습에 동정하는 눈빛을 보내는

노점 주인.

오기가 생겨서 딸 때까지 매달려버린 하야토조차 제지했다.

그러자 하루키는 살짝 토라진 듯 입술을 삐죽이고 어느 방향으로 흘끗 시선을 던졌다.

"저거 보라고……."

"저건…… 응……."

"와, 와, 또 땄어요! 이것도 딸 수 있겠어…… 에잇! 됐다!"

그곳에는 사발에 넘칠 듯이 탱탱볼을 담고 있는 사키의 모습. 지금도 정신없이 퍼 올리고 있었다.

탱탱볼은 마치 사키의 뜨개에 빨려 들어가듯 움직이고, 그릇으로 뛰어들었다. 그야말로 신과 같은 솜씨였다.

주변에 있는 초등학생들도 "누나 굉장해—"라며 반짝반짝 존경의 눈빛을 보내고 있었다. 노점 주인은 반쯤 울상이었다.

"……나만 아무것도 못 낚는다는 거, 뭔가 분하잖아."

"기분은 알겠어. 그보다 사키는 굉장하네."

"역시 신사라서 그런가? 사키는 무녀니까, 필드 버프 같은 무언가가 걸린다든지."

"그럴 리가 있냐, 바보야."

"으그그, 나도 저만큼 따서, 하야토를『허접♡ 허접♡』하면서 놀리고 싶었는데."

"앗핫핫, 안 됐구나!"

하야토가 놀리듯이 웃자 하루키는 뾰로통하게 입술을 삐죽였다.

어릴 적부터 자주 되풀이된 그런 광경.

하지만 문득 하루키는 묘한 목소리로 가슴속의 말을 흘렸다.

"……사키한테 지고 싶지 않네."

"아니, 여기서 역전은——."

하루키는 자기가 뱉은 말에 놀란 표정을 지었다.

너무나도 의외인 그 표정에 하야토도 『못 하지』라고 이어지는 말을 삼키고 말았다.

그러자 묘해지려던 분위기를 날려버리듯, 하루키는 "좋아, 아저씨 역시 하나만 더 줘요!"라고 외쳤다.

그것을 본 하야토도 벅벅 머리를 긁적이더니 "그럼 나도"라며 말하고, 놀라서 눈을 끔벅이는 하루키에게 웃음을 던졌다.

"하야토……?"

"2회전 하자고!"

"——아, 응!"

하야토와 하루키는 뜨개를 한 손에 들고, 또다시 탱탱볼이 헤엄치는 풀장을 노려봤다.

문득 평소의 분위기로 돌아왔다는 걸 인식했다.

그래서 하야토는 조금 전에 미처 하지 못했던 말을, 지금이라면 싶어서 입에 담았다.

"그러고 보니 오늘 하루키 있잖아."

"응?"

"뭔가 옛날의 **하루키** 같구나, 했어."

"아!"

하루키는 한순간 어깨를 움찔 떨었다.

그리고 하야토 쪽을 보고 장난이 성공했다는 듯한 미소를 지었다.

"그런가."

◇ ◇ ◇

뽑기 노점 옆에 설치되어 있는 테이블에서, 히메코는 바늘을 한 손에 들고서 진지한 표정으로 뽑기와 마주하고 있었다.

"으, 으으음……."

약동감 있는 말 그림이 그려진 선을, 깎아내듯이 몇 번이고 손을 움직였다.

골은 이미 무척 깊어졌다. 조금만 더 하면 뚫릴 것 같았다.

여기서부터 단숨에 기세를 올리고 싶은 참이지만 한층 더 마음을 다잡았다. 조금 전에는 여기서 실패했기 때문이다.

신중하게, 신중하게.

돌다리도 두들겨 보고서 건너고, 뜨거운 물에 덴 고양이가 찬물도 두려워하듯.

이윽고 무사히 모두 깎아내고 "후우" 안도의 한숨을 내쉬는 것과, "앗!" 하는 목소리가 옆에서 들린 것은 동시였다.

옆으로 시선을 향했더니 떨떠름한 표정을 짓는 카즈키와 눈이 마주쳤다.

"뽑기란 거 꽤 어렵네, 또 실패해버렸어."

카즈키는 깨져버린 데포르메된 버섯 뽑기를 보여줬다.

카즈키는 조금 전부터 간단한 것만 도전하고 있는데도 번번이 실패하고 있었다. 아무리 그래도 몇 번이나 연속해서 실패하는 것이 부끄러웠는지 미간을 찌푸리고서 검지로 뺨을 긁적긁적했다.

그것을 본 히메코는 조금 놀리는 기색으로 웃었다.

"카즈키 씨, 의외로 손재주가 별로네요─."

"그런 모양이야, 나도 놀랐어. 발놀림이라면 좀 자신이 있는데 말이지."

"아하하, 축구부라고 그랬던가요. 그러고 보니, 의외 하니까 에마 씨랑 남친분은……."

"아아……."

히메코와 카즈키는 옆의 테이블에 생긴 인파로 시선을 향했다. 그 중심에 있는 것은 에마와 이오리.

두 사람 앞에 있는 것은 노트 정도 크기의 특대 사이즈 뽑기였다.

에마는 에펠탑.

이오리는 시라사기 성.*

둘 다 척 보기에도 초고난도였다.

그것을 구경꾼들이 지켜보는 가운데, 두 사람은 마치 동영상을 빨리 감기로 보는 것 같은 속도로 경쟁하듯 손을 움직여서 순식간에 빼냈다. 주위의 말문을 막고 압도하기에 충분한 퍼포먼스였다.

"정말, 굉장하네요……."

"응, 정말로 굉장해."

그리고 카즈키는 거기서 말을 끊고 히메코를 돌아봤다.

"그러고 보니 히메코는 저거 안 봐도 되겠어?"

"으―응, 확실히 마음을 끌기는 하지만, 기왕이면 보는 것보다 직접 하는 게 즐겁다 싶어서요."

"그렇구나. 나도 축구는 보는 것보다 직접 하는 걸 좋아하니까, 어쩐지 이해돼."

동의를 표하는 카즈키에게 히메코가 그렇죠― 라며 웃었다.

"그건 그렇고, 의외라고 하면 카즈키 씨도 그래요. 뭐든 재주 좋게 간단히 해내는 사람이니까, 뽑기도 그럴 거라고 생각했거든요―."

"그렇지 않아. 전혀 아니야. 특히 대인관계 같은 건 실패만 했어."

---

*일본 효고현에 있는 '히메지 성'의 별칭.

"그런가요?"

이제까지 오빠랑 같이 놀 때나 알바 중에 환호를 만들던 모습을 다시금 생각하니, 믿을 수가 없어서 수상쩍다는 표정으로 눈을 깜박였다.

그런 히메코에게 카즈키는 자조 섞인 옅은 미소를 지었다.

"이번 일도, 누나에 대해서 감추고 있었으니까…… 그것만이 아니라 중학교 때도 큰 실패를 했거든. 기억해? 영화관에 갔을 때라든지."

"아―……."

카즈키의 말에 다시금 떠올랐다.

그때 그들은 배신자라 비난하고, 카즈키는 아무 대답도 하지 않고 그저 참았다.

카즈키에게 무슨 일이 있었는지는 모른다.

다만 히메코의 눈으로 보기에, 여기 있는 오빠의 친구에게 하나는 확실히 말할 수 있었다.

"응―, 하지만 카즈키 씨는 저랑 오빠를 배신한다든지 그러진 않겠죠?"

"당연하지!"

"그렇겠죠. 오히려 반대로 믿어주고 있으니까, 오늘 이 축제에 와줬어요."

"그, 그건……! 그럴지도, 하지만……!"

카즈키의 얼굴에서는 동요, 갈등, 납득, 놀람, 다양한 감정이 엿보였다. 그것은 오늘, 지금에 이르기까지 얼마나 많은 고뇌가 있었는지를 더없이 이야기하고 있었다.

MOMO의 동생이라 고백한 지 얼마 안 되어 가을 축제. 얼굴을 내민다면 불온한 분위기가 될 것은 쉽게 예상이 간다. 무섭지 않을 리가 없었을 것이다. 하지만 그럼에도 카즈키는 오빠랑 친구들을 믿고, 도망칠 수도 있었는데 와 주었다.

반대로 자신은 어떨까?

"카즈키 씨는 강하네요."

"⋯⋯어?"

"전 약하니까⋯⋯ 무서워서 오빠나 사키, 하루한테도 말하지 못한 게 있거든요. 다만 그것도 어찌어찌 헤아려준다는 느낌이라, 정말로 응석을 부린다고 할까 의존한다고 할까⋯⋯. 아―, 정말 난 어린애구나."

"히메, 코⋯⋯."

히메코의 자조에 카즈키가 당황하고, "저기" "그게"라며 안타까운 듯 말을 굴렸다. 문득, 히메코는 어째선지 기시감을 느꼈다.

'아, 하루⋯⋯.'

일찍이 어릴 적에 히메코가 넘어져서 울거나 할 때의 **하루키**도 이런 느낌이었다.

게다가 카즈키는 유명인을 가족으로 둔 한 살 위 오빠의 친구. 처지도 무척 비슷했다.

――아니, 무슨 생각을 하는 걸까.

히메코는 어이없다는 한숨을 내쉬고, 영차 기합을 넣고 일어섰다.

"자, 축제인데 음울한 분위기가 되어버렸네요. 응―, 전 한 단계 더 어려운 걸로 도전할 생각인데, 카즈키 씨는 어떻게 할래요?"

"아, 그러네…… 나도, 한 번 더 해볼까. 아무리 그래도 하나도 성공하지 못하는 건 좀 그렇지."

"아하핫, 그럼 사러 가요."

"어?!"

그리고 히메코는 과거의 **하루키**가 그랬던 것과 마찬가지로, 손을 내밀고 싱긋 미소 지었다.

"카즈키 씨, 기왕 왔으니까 전력으로 축제를 즐겨요!"

"읏! 그래!"

◇ ◇ ◇

어느샌가 해는 완전히 기울었다.

여기저기에 환하게 밝혀진 수많은 제등이 참배 길을 마치 대낮처럼 밝게 비추고 있었다. 주위에서는 축제에 흥겨워하는 사람들의 웃음소리.

그런 가운데, 탱탱볼 건지기 격전을 마친 세 사람은 이것저것 다른 곳을 둘러보고 있었다.

처음 오는 축제는 보이는 것 전부가 새롭고, 어느 것이든 흥미를 끌었다. 이것저것 눈에 비치는 것들을 바라보는 것만으로도 즐거웠다.

그것은 하루키도 사키도 마찬가지인지 연신 두리번두리번 주위를 둘러봤다.

"으앗!"

"미안해!"

"아뇨, 저도 부주의했어요."

그때, 통행인과 부딪쳤다. 하야토는 실수했다며 머리를 긁적였다.

주위를 둘러보자 어쩐지 왔을 때와 비교해서 사람이 많은 듯 여겨졌다.

그리고 그때, 경내의 입구 쪽에서 "꺄―!" 하는 새된 목소리가 터졌다.

대체 무슨 일일까 싶어서 하루키, 사키와 얼굴을 마주봤다.

"응? 대체 뭘까…… 하루키, 알겠어?"

"글쎄? 사전에 조사하기로는, 입구에서 딱히 이벤트 같은 건 없었을 텐데."

"보러 갈래요?"

"그러네, 사키. 가자, 하야토!"

"네." "그래."

나란히 소동의 중심으로 향했다.

가까워지자 찰칵찰칵 스마트폰으로 사진을 찍거나 동영상을 찍는 사람들이 눈에 띄었다. 게다가 소동의 중심에서 들리는 목소리에 하야토는 점점 입가가 굳어졌다.

"설마, 저거 진짜로 MOMO랑 아이리야?!"

"찍어도 된다구?!"

"죄송해요, 악수 같은 것도 괜찮을까요?!"

그녀들이 말을 건네는 곳에, 화사한 두 소녀가 보였다.

"자, 아이링. 좀 더 상냥하게 손을 흔들어. 팬 서비스."

"물론 당당하게 있으면 된다고는 그랬지만, 정말~!"

"으─응, 어쩌지 아이링, 혹시 꽤나 소동이 된 거 아냐?"

"벌어졌죠! 그보다 우리 축제에 엄청 방해되는 거 아닌가
요?!"

"오오!"

"오오, 가 아니라! 일단 구석으로 가요, 자!"

"예─."

"""…………""""

아이리와 모모카였다.

마치 TV 광고에서 튀어나온 것 같이 화려한 유카타를 멋
들어지게 소화하고 있었다. 과연, 이래서는 눈에 띄지 않기
가 더 어렵다.

까아까아 기뻐하며 들뜬 주변과는 달리, 세 사람의 표정
은 점점 더 굳어졌다. 아이리와 모모카가 무슨 생각인지는
모르겠지만 이 소동에는 다가가지 않는 게 좋을 것이다.

누가 먼저라고 할 것도 없이 유명인 둘을 한 번이라도 보
려는 흐름을 거슬러서 자리를 벗어났다.

"앗!"

"이런!"

그때, 사키의 다리가 엉켰다.

하루키가 얼른 팔을 붙잡아서 큰일은 벌어지지 않았지만, 아무래도 비틀비틀하는 것처럼 보였다. 호흡도 조금 거칠고, 안색도 좋지 않았다.

"사키 괜찮…… 은 것 같진 않네."

"안색이 나빠 보여…… 인파에 멀미가 났나?"

"어, 아……."

사키는 잠시 대답을 망설였다. 그것이 여실하게 지금 사키의 상태를 이야기하고 있었다.

하야토와 마주 보고 함께 고개를 끄덕인 하루키는 사키의 손을 붙잡고 인기척이 없는 초즈야* 쪽으로 이동했다.

그리고 초즈야 옆에 있는, 평소에는 짐을 놓아두는 곳으로라도 사용할 법한 평평한 돌 받침대에 앉혔다.

"사키, 여기서 쉬자. 하야토, 사키를 부탁해. 난 뭔가 시원한 음료라도 사 올게."

"알았어."

그리고 하루키는 곧바로 인파 속으로 사라졌다.

하야토는 사키 옆에 서서 함께 조금 떨어진 곳의 소란을 바라봤다.

*手水舍. 신사에서 참배 전 손이나 얼굴을 씻도록 물을 받아놓은 곳.

북적거리는 노점으로 유카타 차림의 남녀랑 가족들이 끊임없이 흘러갔다.

옆에서는 졸졸 물 흐르는 소리.

참배 길에서 벗어났기에 제등의 불빛이 여기까지 닿지 않아서 어스름했다.

눈앞에서 벌어지는 축제의 모습이 어딘가 먼 곳의 일처럼 느껴졌다. 마치 이 장소만 세계에서 분리된 것 같았다.

조용한 시간이 천천히 흘러갔다.

이윽고 사키도 컨디션을 되찾은 모양이었다.

하야토는 그것을 확인한 뒤, 조금 굳은 목소리로 물었다.

"언제부터야?"

"……예?"

"사람멀미, 언제부터 그랬어?"

"저기, 그게……."

하지만 사키는 시선을 헤매고 머뭇거렸다. 아무래도 무척 전부터였나 보다.

그 사실을 알아차리지 못한 스스로를 한심하다고 생각하는 것과 함께, 참으로 복잡한 표정을 짓고 말았다. 말이 거칠어져 버렸다.

"힘들다면, 그냥 참지 마."

"당연히…… 당연히 참아야죠. 축제는 다들 즐거워하니까요."

"바보, 그러다가 사키 컨디션이 나빠지면 내가 걱정하고,

다른 사람들도 다 걱정할 거라고. 그러니까 제대로 말해줘야지…… 이오리랑 이사미도 그러다가 다퉜잖아?"

"에헤헤, 그랬죠. 그런데——."

거기서 사키는 수줍게 미소 지으며 말을 끊었다.

"그래도 역시 좀처럼 말을 꺼내기가 힘든 일이 있거든요. 오빠하고도 하루키 씨하고도, 이야기를 하게 된 지는 얼마 안 됐으니까……."

"……아."

머리를 퍽 두들겨 맞은 것 같은 충격을 느꼈다.

옛날부터 동생 바로 옆에 있어서 그 모습을 계속 보았기에, 잘 안다고 느꼈다.

하지만 빈번하게 대화를 나누게 된 것은 그야말로 최근이다. 대화를 하게 되고, 그녀의 다양한 모습을 알고서 놀란 적도 많지 않나. 뭐든 가볍게 이야기하려고 해도 아직은 사양하게 되어버리는 것이다. 거기까지 생각이 이르지 않다니, 정말로 부끄러워졌다.

하지만 사키는 싱긋 웃고 에잇, 하듯 가슴 앞으로 주먹을 쥐더니 하야토를 돌아봤다.

"그러니까 저, 앞으로 오빠한테 뭐든 이야기할 수 있도록, 열심히 노력할게요."

"윽!"

그것은 하야토를 향한 선전포고 같았다.

숨을 삼키고 그녀를 바라봤다.

마음속의 영역으로 또 한 걸음, 사키라는 소녀가 들어오는 감각.

강한 의지가 느껴지는 눈동자가, 무척 예쁘다고 생각해버렸다.

가슴이 욱신 삐걱거리고, 온몸에 달콤한 독과 함께 마비가 퍼졌다.

그런데도 나쁘지 않다고 생각해버리는 것은 이미 중증일까?

하야토가 간신히 "어"라는 말과 함께 고개를 끄덕여 답했다.

"사키, 기다렸지!"

"아, 하루키 씨. 고마워요."

하루키가 페트병에 든 차와 함께 돌아왔다.

하루키는 안색이 나아진 사키를 보고 안도의 한숨을 흘렸다. 그리고 하야토의 얼굴을 빤히 바라보는가 싶더니 점점 눈빛이 날카로워졌다.

"……하야토, 사키한테 뭔가 했어?"

"딱히, 아무것도."

"호오……? 흐응……?"

그렇게 대답했지만 하루키는 전혀 믿을 수 없다는 듯 수상쩍다는 표정으로 찌릿 흘겨봤다.

하야토도 자기 표정이 뭐라 말하기 힘든 상태라는 건 알았다. 그리고 어째선지 하루키를 제대로 보지 못하고 고개를 홱 피했다. 하루키의 눈매가 더더욱 가늘어졌다.

그러자 사키는 쿡쿡 웃었다.

"잔소리 들었어요, 잔소리. 몸이 안 좋으면 제대로 말하라고. 그렇죠?"

"그랬어?"

"……그래. 아, 슬슬 저쪽이랑 연락해서 합류하자."

이 이상은 할 말이 없다는 듯 억지로 화제를 바꾸었다.

하루키는 후우, 어이없다는 심정이 담긴 한숨을 내쉬었다.

"아, 도망쳤다."

"시끄러워."

"쿡쿡."

합류했더니 히메코가 으그그 복잡한 표정을 짓고 있었다.

셋이서 얼굴을 마주 본 뒤, 사키가 걱정스럽게 말을 걸었다.

"왜 그래, 히메?"

"사키, 이거 말인데……."

"뽑기? 말, 코스모스, 스카이트리…… 와, 엄청 잘 됐어!"

"응, 그래서 먹는 게 아까워서……."

"아, 아하하…… 히메……."

"에마 씨랑 남친은 더 굉장한데?"

"""어?!"""

그러면서 히메코가 이오리와 에마 쪽으로 시선을 던지자,

다들 무심코 눈을 크게 뜨며 숨을 삼켰다.

이오리가 들고 있는 것은 시라사기 성.

에마가 들고 있는 것은 에펠탑.

노트 정도의 특대 사이즈인 그것들은 둘 다 정교하고 정밀해서 장인의 집착이 느껴지는 예술품 같은 완성도였다. 하긴, 저건 히메코가 아니더라도 먹기가 주저될 것이다.

그리고 이오리도 에마도 서로의 작품에 담긴 건투를 칭송하듯, 뺨을 붉히면서도 주먹을 맞부딪쳤다.

"실제로 이오리 군이랑 이사미가 저걸 하는 동안에, 다른 사람들도 손을 멈추고서 쳐다봤어. 재밌는 광경이었다고."

"나도 저건 대체 어떻게 하는 건지 보고 싶어지네. 그러고 보니 카즈키는 뽑기 안 했어?"

"아하하, 했는데 나한테는 뽑기의 재능이 없었나 봐. 전멸했어."

"아아……."

그러면서 카즈키는 아쉽다는 듯 가볍게 양손을 들었다.

탱탱볼로 잔뜩 깨진 하야토도 쓴웃음을 지었다.

그러는 사이에, 서쪽 하늘이 완전히 주황색으로 물들고 있었다. 머지않아 태양은 밤에 삼켜질 것이다.

불꽃놀이도 이제 얼마 안 남았다.

이윽고 떠들썩한 노점 숫자도 줄고 배전(拜殿)이 보였다.

신사 사무소에는 많은 사람들이 모여 있고, 여러 무녀들이 참배객을 정리하고 있었다.

그것을 본 에마가 툭하니, 살짝 선망이 담긴 목소리로 중얼거렸다.

"이런 축제 날에만 임시로 무녀님 알바를 모집하는데, 저거 인기라서 경쟁률이 꽤 세단 말이지—."

"아, 우리 반에도 코스프레가 아니라 진짜 무녀 옷을 입을 수 있다며, 여자들이 시끌벅적했어."

"여자만이 아니야. 무녀님을 싫어하는 남자는 없겠지. 그렇지, 하야토?"

"……나한테 돌리지 마."

이오리가 그런 말을 건네자 하야토는 곤란하다는 표정으로 사키에게 시선을 옮겼다.

모두의 주목을 모은 사키는 무어라 말할 수 없는 애매한 미소를 지었다.

"그랬지, 하야토는 진짜 무녀한테 익숙했던가."

"사키는 무녀 복장으로 마을 안을 돌아다니니까, 트레이드마크 같은 거라서."

"아, 아하하…… 그게, 옷 갈아입는다든지 그런 게 귀찮아서."

"으그그, 복 받은 녀석!"

묘하게 분해하는 이오리. 모두도 아하하 웃음을 터뜨렸다.

그런 가운데, 히메코가 미간을 찌푸리며 절실하게 말했다.

"하지만 사키 말고 다른 사람이 무녀 옷을 입고 있는 거, 뭔가 이상한 느낌이야."

"아, 그건 그래."

"이쪽은 알바를 고용해야 할 정도로 성황인 모양이니까…… 우리도 저만큼 번다면 수리비도…… 빗물도 안 새고……."

"사, 사키?! 저기—, 사키!"

갑자기 턱에 손을 대고서 중얼중얼 생각에 잠기는 사키. 드물게도 딴죽을 거는 히메코.

그 모습을 보고 쿡쿡 웃음을 흘리던 하루키는 문득 어떤 사실을 깨달았다.

신사 사무소에서 용건을 마친 사람들이 배전으로 참배를 가는 것이 아니라 다들 일제히 다른 장소로 향하고 있었다.

"응? 저건……."

"소원판이네. 성황인데."

"저거 히메가 추천했지…… 엄청 많아……."

무슨 일일까 고개를 갸웃거리는데, 카즈키가 싱긋 이오리와 에마 쪽을 보며 끼어들었다.

"특히 남녀를 맺어주는 걸로 효과적이라고 유명해. 같은 마음을 겹치면, 말이지."

"남녀를……?" "어?!" "맺어줘?!"

카즈키의 말에 하루키만이 아니라 히메코와 사키도 반응했다. 어딘가 긴박한 분위기가 흘렀다.

이오리와 에마가 뺨을 붉히고 부끄러워하듯 고개를 돌리자, 히메코가 "꺄—!" 하며 새된 목소리를 높였다. 사키가

"나, 남의 연애에 그러는 거 아냐!"라며 나무랐다.

"남녀를 맺어준대! 뭔가 동경하게 되어버린단 말이지⋯⋯ 그러고 보니 저 소원판, 토끼일까? 사키, 알아?"

"후에?! 음, 뭘까⋯⋯."

"토끼는 아마 새끼를 잔뜩 낳으니까 자손 번영, 뛰어다니니까 비약, 같은 의미가 있다 했다. 음—, 이 신사에서 모시는 신은 스사노오노미코토와 그 아내인 쿠시나다히메와 그 부모, 그리고 아이인 오나무치노미코토였지. 신을 가족 단위로 모시기 때문일지도?"

"호오, 하루 잘 아는구나."

"하루키 씨 굉장해⋯⋯."

웬일로 히메코랑 사키가 하루키에게 감탄했다. 그 후 "게임이랑 만화로 빠져서 신화 같은 거 엄청 알아봤으니까!"라는 안타까운 이유를 이야기해서 메마른 웃음을 이끌어냈다.

"어— 그게, 그러니까 소원판 봉납하러 가자."

"우리도 적어도 되는 건가요?"

이오리가 그렇게 재촉하자 히메코가 미간을 찡그리며 물었다.

그러자 카즈키는 덧붙이듯 끼어들었다.

"딱히 꼭 커플이어야 되는 건 아냐. 저쪽 여자애들 그룹은 좋은 인연이 있기를 빌러 왔다는 느낌이잖아? 딱히 남녀를 맺어주는 게 아니더라도 원하는 걸 적으면 되지 않을까?"

"아, 그렇구나. 그러고 보니 카즈키 씨도, 저번에 그런 건

당분간 됐다고 그랬죠!"

"응, 그래그래."

카즈키가 긍정하듯 어깨를 으쓱이니 분위기도 풀어졌다.

그리고 주변의 흐름에 따르는 모양새로 신사 사무소에서 소원판을 사고, 각자 그것을 들고서 준비되어 있던 펜을 쥐었다.

"…………."

하야토는 손에 든 펜이 몹시 무거웠다.

소원판에 대해서 생각해봤다.

남녀를 맺어주는 것으로 유명하다는 이야기에 그쪽을 떠올렸지만, 지금은 자신이 누군가와 사귀는 모습이 상상되지 않아서 썩 와 닿지 않았다.

가까운 곳에서 대화를 나누는 이성이라면 하루키와 사키, 그리고 미나모. 아, 히메코도.

소원판을 한 손에 들고서 미간에 주름을 만들고, 고개를 내저었다.

그러자 시야 끝에 아이가 있는 가족이 들어와서 저도 모르게 "아" 하고 목소리를 흘렸다.

소원.

신에게 부탁하고 싶은 것.

하야토의 마음속 깊은 곳에, 지금 가장 가라앉아 있으면서도 걸리던 것.

'……역시 이거겠지.'

무언가 문제를 미루는 것 같은 느낌이 없지도 않았다.

하지만 역시나 바람이라면 이것밖에 없었다.

『어머니가 무사히 퇴원하기를.』

소원판에 바람을 담아서 묶었다.

"으, 차…… 응?"

"읏!"

봉납을 마치고 돌아보니 어느샌가 바로 옆에 히메코가 있었다.

어딘가 어두운 표정으로 소원판을 가슴에 품고, 조금 전까지 남녀 이야기로 들떠 있던 모습에서는 동떨어져 있었다.

"히메코?"

"오빠……."

살며시 하야토의 소맷자락을 붙잡고 불안한 눈빛으로 올려다보는 모습은, 어째선지 일찍이 어머니가 쓰러졌을 때의 **히메코**와 겹쳐 보였다.

분명 자신 안에 있는 신에게 어떻게 좀 해달라고 생각하는 일을 적게 되었을 때, 오빠와 마찬가지로 어머니를 떠올리고 만 것이리라.

그래서 하야토는 안심하라는 듯 미소를 짓고 동생의 머리카락을 마구 휘저었다.

"잠깐, 오빠! 갑자기 뭐 하는 거야!"

"있잖아, 이 소원판은 같은 마음을 겹치면 더더욱 효험이 있댔지? 그러니까 히메코, 그 소원은 반드시 이루어져, 그렇지?"

"············아."

──같은 소원을 빌었으니까.

싱긋 미소를 짓고, 조금 전 봉납한 소원판으로 시선을 던졌다.

그러자 그런 하야토의 마음이 전해졌는지, 히메코의 굳어 있던 표정도 풀어졌다.

"정말이지 오빠, 머리가 엉망진창이 됐잖아."

"예예."

히메코는 입술을 삐죽이면서도 목소리에는 응석을 남긴 채, 하야토에게 그대로 머리를 맡겼다.

◇ ◇ ◇

하루키는 펜을 한 손에 들고서 굳어 있었다.

다른 사람들은 모두 소원판을 쓰고, 남은 것은 그녀 하나.

남녀를 맺어준다고 그래도 잘 모르겠다.

빤히 소원판을 바라보고 자신의 마음에게 물었다.

바라는 것.

신이 들어줬으면 하는 것.

──────어.

아무리 기도해도 아무리 바라도, 단 하나뿐인 **하루키**의 작고 흔해빠진 바람은 이루어지지 않았다.

그런 것, 옛날에 이미 닳아서 없어져 버렸다.

새삼스럽게 희망 따위는 품지 않는다.

그래서 무엇을 적어야 할지 알 수 없었다.

텅 빈 것이다.

텅 비어서 주위에 맞추는 연기만 능숙해졌다.

문득 사키의 얼굴이 뇌리를 스쳤다.

어릴 적부터 품고 있던 마음과 함께, 도시로까지 하야토를 쫓아온 여자아이.

조금 전 초즈야에서 들은 사키의 선언을 다시금 떠올렸다.

너무나도 올곧고 눈부셔서, 곧바로 두 사람 사이로 들어갈 수가 없었다.

사키라면 어떤 생각으로 소원판을 적을지 '그녀가 되어' 적어보려다—— 깜짝 놀라고 말았다.

"어, 라……."

알 수가 없었다.

사키의 기분을, 이렇게 손을 뻗으면 바로 닿는 곳까지 쫓아온 그녀의, 몸을 태울 것 같은 마음을.

머리로는 이해할 수 있다.

틀림없이 소원판에 『오빠와 더욱 친해질 수 있기를』하는 조금 소극적인, 하지만 도달 가능한 눈앞의 목표를 적었을 것이다. 그것은 알 수 있다.

하지만 하루키가 그 감정을 재현하고자 계산해서 자신의 마음으로 손을 뻗어도, 안개 같은 무언가가 낀다. 뚜껑이 딱

닫혀 있는 것 같아서, 사키의 진정한 열정과 색깔에는 아무리 손을 뻗어도 닿을 수가 없다. 그래서 하루키는 그런 표면을 그대로 모방하는 행동밖에 파악할 수 없다.

가슴이 욱신거렸다.

틀림없이 일그러진 것이다. 자신의 존재 방식이.

이 이상 생각하면 더 나쁜 상황에 빠져버릴 것만 같아서, 고개를 내젓고 지금까지의 생각을 밀어내듯 한숨을 내쉬었다.

그리고 지금 이 상황에 대해서 생각했다.

많은 변화가 생겨났다. 그럼에도 지금, 하야토의 전학을 계기로 바뀐 이 나날은 무척 즐겁다.

그러니까 그것을 말로 표현하면 틀림없이 이렇게 될 것이다.

『또 모두와 함께, 가을 축제에 올 수 있기를.』

하야토는 히메코와 함께 모두가 있는 곳으로 돌아왔다.

얼굴이 빨간 이오리와 에마를 중심으로, 무언가 어금니에 낀 것 같은 분위기가 흐르고 있었다.

"아, 기다렸지—!"

조금 늦게 하루키가 왔다. 이것으로 모두 모였다.

문득 카즈키와 눈이 마주쳤다.

누구와의 인연을 빌었느냐는 듯 싱긋 미소를 보내기에, 쓸데없는 참견이란 의미를 담아서 미간을 찌푸리고 고개를 가로저었다.

그러자 카즈키는 아쉽다는 듯 어깨를 으쓱인 뒤 스마트폰으로 시각을 확인하고 입을 열었다.

"불꽃놀이 시간까지 아직 좀 남았지만 벌써 사람이 모이기 시작했어. 여기선 앉지도 못할 테니까 장소를 바꾸는 것도 방법인데, 어떻게 할래?"

카즈키의 말대로 주위로 시선을 향했더니 드문드문하던 배전 앞 광장도 서서히 사람들이 늘어나고 있었다. 하지만 이곳은 참배하는 사람을 위한 장소이기도 해서 그렇게까지 넓지는 않다. 불꽃놀이 자체는 근처 운동 공원에서 쏜다니까 가까이서 보려고 그곳으로 가는 사람도 많았다.

솔직히 말하면 어느 쪽이든 상관없었다. 그것은 다른 사람들도 마찬가지인지, 결정하기 곤란하다는 표정이었다.

그리고 그런 가운데, 히메코가 "예!"라며 손을 들었다.

"이 축제에 대해서 조사해봤는데, 이 사진의 토리이 너머로 보이는 불꽃, 여기서 본 건가요?"

"아마도 그렇겠네."

"그러면 이거랑 같은 느낌으로 불꽃을 보고 싶어요! 그리고 사진도 찍고 싶어!"

"그럼 기왕 이야기가 나왔으니까, 괜찮을 것 같은 장소를 찾아볼까."

"예!"

카즈키가 괜찮겠어? 라는 표정으로 모두의 얼굴을 둘러 봤지만 딱히 반대하는 사람도 없어서, 익숙한 태도로 앞장 서기 시작했다. 모두도 그를 뒤따랐다.

"아, 불꽃놀이 감상용으로 타코야키랑 사과 사탕 같은 거 준비하는 편이 나을까?!"

히메코가 도중에 목소리를 높여 모두의 웃음을 이끌었다.

그 사이에서 카즈키만이 "어?!"라며 진지한 표정을 짓길 래 하야토는 제대로 터져서 큭큭 어깨를 들썩였다. 히메코 도 항의하듯 입술을 삐죽였다.

"정말, 뭔가요 카즈키 씨! 사달라고 재촉하는 게 아니에 요. 제가 낼게요―."

"어 아니 그런 게 아니라, 으음, 과식하다가⋯⋯ 배탈이 나진 않을까 해서."

"괜찮다고요, 괜찮아괜찮아! 그 배는 또 따로 있어요!"

"그, 그렇구나."

그때 묘하게 싱글싱글 미소를 들러 붙인 하루키가 히메코 의 귓가에 툭하니 중얼거렸다.

"⋯⋯다이어트."

"윽! 하, 하루⋯⋯?"

"그러고 보니 히메, 요새 가을 신작으로 나온 편의점 디저 트 자주 먹었다고 배 신경 쓰고 있지 않았어~?"

"사, 사키까지?! 괘, 괜찮아, 최근에는 조금 먹었고, 게다가 오늘은 아침이랑 점심은 걸렀으니까!"

점점 표정이 굳어지는 히메코.

사키까지 추가타를 날리니 몸도 바싹 얼어붙었다.

아무래도 오늘 너무 먹었다는 자각은 있는 듯했다.

어찌저찌 절제하고 있던 하루키와 사키는 여유로운 얼굴로 히메코에게 의혹이 담긴 시선을 보냈다.

으그그 히메코가 신음하는데, 카즈키가 자비심 가득한 미소를 짓고서 달콤한 목소리로 속삭였다.

"괜찮아, 히메코. 최근에 계속 참고 있었지? 그럼 오늘은 치팅 데이로 하면 돼."

"치팅 데이…… 아, 들어본 적 있어!"

"일주일에 한 번, 아무런 신경도 쓰지 않고 먹는 날을 정하는 게 스트레스 발산도 돼서 다이어트에 효과적이라나. 우리 누나도 도입했어."

"카즈키 씨네 누나도요?! 그럼 오늘은 치팅 데이로 할래! 신경 안 쓰고 먹을래!"

그것은 그야말로 악마의 속삭임이었다.

면죄부를 손에 넣었다는 듯 눈을 반짝이는 히메코. 그것을 보고 더더욱 싱글싱글하는 카즈키.

하야토는 여전히 단순한 동생을 보고 큰 한숨을 내쉬고는 끼어들었다.

"히메코, 치팅 데이라는 건 몇 개월씩 계속 다이어트를 한 사람이 아니라면 효과가 없다고."

"어?! 어, 말도 안 돼…… 애초에 오빠가 그걸 어떻게 아는데?!"

"이전에 다이어트가 이러쿵저러쿵 소란을 떨었잖아? 그때 조사해봤어. ……카즈키가 놀리고 있다는 것 좀 알아차려."

"카즈키 씨?!"

"아하하."

히메코가 거짓말이지? 라는 표정으로 카즈키를 봤다.

카즈키는 들켰다는 듯 장난기 가득하게 윙크를 하고, 가볍게 양손을 들었다.

히메코는 속였구나! 라며 점점 눈꼬리를 추켜 올리고, 툭탁툭탁 카즈키를 때리며 항의했다.

"정말―, 카즈키 씨까지!"

"아하하, 미안해 미안――."

"정말이지, 여자한테 몸무게―― 카즈키 씨?"

"………….."

그때까지 즐겁게 미소를 짓고 있던 카즈키가 갑자기 얼어붙었다. 핏기와 함께 표정도 급속하게 빠져나갔다.

설마 자신이 무언가 저질렀나 싶어 겁을 먹은 히메코.

다른 사람들도 갑자기 굳어서 걸음을 멈춘 카즈키를 수상쩍게 여기고 그가 바라보는 쪽으로 시선을 향했더니, 마찬가지로 굳어 있는 6인조 남자 그룹이 시야에 들어왔다.

이윽고 먼저 정신을 차린 그들 중 하나가 경박한, 깔보는 듯한 미소를 짓고서 입을 열었다.

"이야, 배신자 카이도잖아. 여전히 여자를 데리고 있네."

분위기가 단숨에 험악하게 바뀌었다.

그리고 그를 계기로, 다른 남자들도 히죽히죽 모멸 섞인 미소를 짓고 카즈키를 둘러쌌다.

"하나, 둘, 셋…… 이것 참, 이번에는 네 다리냐?"

"여전히 여자들한테 시중받고 사네."

"혹시 누나 가지고 놀았냐?"

"좋겠네, 유명인이 가족이라서."

"……윽."

카즈키는 손톱이 피부에 박히도록 주먹을 움켜쥐었다.

명백하게 비우호적인 태도였다.

하야토도 미간을 찌푸렸다. 그들 중 두 사람은 어디선가 본 적이 있었다. 기억 깊은 곳을 뒤지니, 예전에 영화관에 갔을 때의 패밀리 레스토랑에서 시비를 걸었던 상대와 일치했다.

카즈키의 중학교 시절 지인이리라.

중학교 시절, 카즈키가 그들과 무슨 일이 있었는지는 모른다. 딱히 자세히 알아보려는 생각도 없다. 하지만 상상은 갔다.

지금 카즈키는 학교에서도 가능한 한 여자와 단둘이 있지 않도록 조심한다는 걸 안다.

그 밖에도 바보같이 서투른 구석도 있고, 말도 서툴고, 사람을 모멸하거나 상처 주는 짓은 하지 않는 녀석이라는 것도 안다. 알고 말았다.

이러니저러니 해도 옆에 있으면 기분 좋은 녀석이다.

이오리와 에마가 어색하던 때도, 부 활동을 쉬면서까지 알바를 도와주러 오지 않았나.

그러니까 그런 카즈키가, 친구가 그저 샌드백처럼 매도당하고 있는 것이,

무척,

정말로,

마음에 안 들었다.

"카즈키, 애네랑 엮이는 건 그만하고, 빨리 자리나 잡으러 가자."

"하, 하야토 군?!" """""""?!"""""""

어느샌가 몸이 멋대로 움직이고 있었다.

놀란 카즈키의 손을 붙잡고, 주위를 둘러싼 그들을 안중에도 없다는 듯 정면에서 억지로 밀어젖혔다.

그들도 한순간 놀랐지만 정신을 차리고 곧장 하야토의 어깨를 붙잡았다.

"야, 뭐 하는 거야."

"카이도랑 얘기하고 있잖아!"

"얘기? 루저의 넋두리 아니고?"

"뭐라고?!"

하지만 하야토는 그 손을 떼어내고 귀찮다는 얼굴로 쉭쉭 손으로 뿌리쳤다.

그는 한순간 말문이 막혔지만, 도발적인 행동에 무언가 생각이 바뀐 듯 연극조로 한숨을 한 번 쉬었다. 그리고 "허!" 하고 코웃음 쳤다.

　"뭐, 카이도는 성격이야 어쨌든 얼굴은 괜찮으니까 여자가 다가오지. 그러니까 너 같이 떨어진 걸 주워 먹으려는 녀석도 다가오는 거고. 그렇지?"

　"그래, 네가 그랬구나. 그럼 나도 그런 걸로 할게."

　"윽! 그래, 그럼 네가 노리는 여자를 빼앗기지 않게 조심하라고."

　"경험을 바탕으로 한 충고 고맙다. 쓸데없는 소리지만 일단 받아둘게. 이제 끝났어?"

　"~~!"

　하야토가 자못 시시하다는 표정과 목소리로 대응하니 그들의 얼굴도 점점 일그러졌다. 대답할 말이 없는 모양이었다.

　카즈키와는 여자친구니 뭐니 하는 이유로 같이 다니는 것이 아니다. 그러니까 그런 소리를 하더라도 전혀 와 닿지 않는다. 어이없다는 한숨을 내쉬니 더더욱 거슬린 듯하다.

　그들은 하야토를 상대로는 불리하다고 생각했는지, 이번에는 하야토와 카즈키 뒤에 있는 여자들로 표적을 바꾸었다.

　"어, 야!"

　하야토가 소리 높여 제지했지만 이번에는 그들이 흘려들었다.

　모멸과 동정, 그리고 색욕이 뒤섞인 시선으로 그녀들의

몸을, 생리적 혐오감이 느껴지는 눈으로 훑듯이 바라보자 히메코는 움찔 굳고 사키도 몸을 비틀었다. 하루키도 명백하게 싫다는 표정을 짓고, 이오리는 에마를 감싸듯이 앞으로 나왔다.

하지만 그들은 멈추지 않았다.

"있잖아, 기왕이면 우리 쪽으로 와."

"그래그래, 많이 사줄게."

"어차피 카이도는 너희는 안중에 없다고."

"아, 여기보다 괜찮은 불꽃놀이 볼 장소 알아."

"좋네! 좋아, 결정!"

"윽!" "사람 말을 들어!"

그들은 하야토의 목소리를 무시하고, 움찔 굳어서 겁먹은 사키에게 손을 뻗었다. 하지만 히메코가 얼른 사키를 감싸듯이 앞으로 나와서 그 손을 뿌리치고, 찌릿 눈썹을 추켜세우고서 외쳤다.

"사, 사키한테 이상한 짓 하지 마! 게다가 아까부터 얼굴이 어떻다느니, 누나가 어떻다느니, 엄청 시시하다고! 그건 결국 카즈키 씨를 질투하는 거잖아요?!"

직설적인 히메코의 말에 그들의 얼굴이 더더욱 분노로 붉게 물들었다.

"뭐?! 이게 진짜."

"누, 누가 카이도 따윌!"

"어차피 카이도 상대로 허리나 놀리는 년들이!"

"걸레 주제에!"

그들은 히메코가 뿌리친 손을 움켜쥐고서 부들부들 떨었다. 언제 히메코에게 휘두르더라도 이상하지 않았다. 히메코는 의연한 표정을 애써 짓고는 있지만, 노성을 맞닥뜨리니 깜짝 놀라고 말았다.

그렇게 히메코가 겁먹은 것을 알아차린 그들은 천박한 미소를 지었다.

"뭐야, 용감한 건 말뿐이지 몸은 떨고 있잖아."

"읏!?"

아무리 그래도 이 이상은 간과할 수 없다. 하야토가 억지로라도 그들 사이로 끼어들려고 달려가려던 그때, 갑자기 카즈키가 어깨를 붙들어 막았다.

"기다려, 하야토 군."

"……카즈키?"

어째서 막느냐고 항의하는 시선을 던졌지만 그는 몹시 진지한 표정으로 고개를 가로저었다.

마치 지금은 맡기라는 듯, 혹은 이것만큼은 양보할 수 없다는 듯.

그리고 시원시원한 목소리로 외쳤다.

"거기까지 해, 타치바나!"

"윽! 뭐야, 카이, 도…….."

카즈키는 평소와 마찬가지로 생글생글한 미소를 그렸지만, 이제까지 본 적 없는 표정을 짓고 있었다.

등줄기가 오싹 떨렸다. 카즈키답지 않은 이상한 표정이었다.

그들도 민감하게 그것을 느꼈는지 저도 모르게 허둥댔지만 오기가 있는지 카즈키를 찌릿 노려봤다.

"한마디 해도 될까?"

"……어어?"

"나는 있지, 딱히 무슨 소리를 들어도 상관없어. 나는 말이야."

하지만 그것으로 겁먹을 카즈키가 아니었다.

한 걸음 뒤로 물러나는 그들에게 다가가서, 한층 더 처절한 미소를 짓고──.

"내 친구를, 소중한 사람을── 우습게 보지마──!!!"

이것만큼은 하야토에게 양보할 수 없다는 듯.

그런 목소리로, 기백으로 그의 안면에 주먹을 휘둘렀다.

퍽, 뼈와 뼈가 부딪치는 둔탁한 소리가 울렸다.

카즈키의 행동에 모두가 어안이 벙벙했다.

유일하게 얻어맞은 그만은 금세 격앙해서 바로 주먹을 휘둘렀다.

"이 새끼가, 무슨 짓이야!"

"그건 내가 할 말이야!"

"큭…… 까불지, 말라고!"

카즈키는 있는 힘껏 옆얼굴을 맞았지만 그래도 겁먹지 않고 그의 멱살을 붙잡고는 박치기를 날렸다.

"계속 생각했어! 애초에 배신했다는 게 무슨 소리냐고! 그렇게나 타카쿠라 선배를 좋아했으면, 네가 좀 더 적극적으로 이야기를 했어야지!"

"윽! 다 가지고 있는 네가 뭘 알아!"

"당연히 모르지! 차인 원인을 나한테 전가하는 놈의 심정은!"

"~~~~윽, 웃기지 마!"

"너야말로!"

서로 욕설을 퍼부으며 드잡이.

이윽고 흥분한 카즈키는 그만이 아니라 다른 다섯에게도 창끝을 향하고 외쳤다.

"좋아하는 사람을 뺏겼다고? 내가 바람을 피워? 그때, 내가 어떤 심정으로 아니라고 목소리를 높였는데! 그래, 지금은 이제 너희 같은 질투심 가득한 녀석들과 연이 끊어져서 속이 시원하다고, 이 겁쟁이들아!"

"시끄러워—!"

"닥쳐!"

"카이도 주제에!"

"윽!"

도발당해 금세 열이 오른 그들이 떠밀자, 카이도는 무참히 바닥에 나뒹굴었다. 가슴을 강하게 얻어맞았는지 쿨럭 쿨럭 기침을 했다.

'──뭐 하는 거야, 저 바보!'

하야토도 무심코 마음속으로 투덜거렸다. 그런 소리를 하면 이렇게 되리라는 것을 모를 리가 없을 텐데.

하지만 그때 확 고개를 든 카즈키는 이런 때임에도 불구하고 상쾌한 미소를 짓고 있어서── 정신이 들자 하야토는 뛰쳐나가고 있었다.

"카즈키!"

"하야토 군?!"

"?!" "넌 뭐야!"

카즈키를 계속 걷어차려고 하던 상대를 몸으로 들이받은 뒤 감싸듯이 막아섰다.

당연히 꿰뚫을 것 같은 그들의 시선이 하야토에게도 날아들었다.

명확한 악의가 담긴 그것은 태어나서 처음 마주하는 것.

등줄기가 오싹 떨리고 그만 뒤로 물러나려고 하는 심정을, 어금니를 악물고서 버텼다.

만약 여기서 한 걸음이라도 물러난다면 두 번 다시 카즈키의, 친구의 옆에 가슴을 펴고 나란히 설 수 없을 테니까. 그런 자신은 도저히 인정할 수 없다.

'──.'

갑자기 하루키의 얼굴이 뇌리를 스쳤다.

어머니가, 조부모가, 주위에서 악의를 던졌음에도 미소 짓는 가면을 썼던 하루키. 그리고 무언가를 이해했다.

그래서 하야토는 웃었다.

조금 전의 카즈키 같은 사나운 미소를 짓고, "허!"라며 코웃음 치고 ——를 날려버렸다.

그러자 그런 하야토에게 바보 취급을 당했다고 생각했는지, 그들은 카즈키와 마찬가지로 하야토를 밀어버리려 하고——.

"이 새끼, 뭘 웃는——."

"웃차!"

"윽?!" "이오리 군!" "이오리?!"

뻗은 손을 옆에서 끼어든 이오리가 붙잡고 비틀어 올렸다.

놀라는 하야토와 카즈키.

당연히 이오리에게도 적의 담긴 시선이 날아들었다.

하지만 막상 이오리는 평소 분위기 그대로 가볍게 웃으며 흘려넘긴 뒤 큰소리쳤다.

"이야, 카즈키랑 하야토. 둘만 재밌는 거 하지 말라고. 친구잖아?"

"이오리, 군…… 풉."

"하, 하하…… 아하하하하하하하핫."

하야토도, 그리고 카즈키도 그만 웃음을 터뜨리고 말았다.

대체 뭘 하는 걸까 생각했다.

중과부적, 애당초 싸움 같은 것은 해본 적도 없다. 변변한 승부조차 되지 않을 것이다.

그런데도 이 상황이 어째선지 우스워서 참을 수가 없었다.

"허?!"

"뭘 웃는 거야!"

"이것들이……"

그런 세 사람을 보고 상대는 더더욱 짜증을 감추지 않았다.

언제 주먹을 휘두를지 기회를 노리는 상황.

분위기가 긴장감으로 점점 팽팽해졌다.

결심은 진즉에 했다.

하지만 걱정이 있었다. 사키랑 히메코, 에마랑 하루키까지 말려들어서는 안 된다.

그래서 하루키에게 여자들을 데리고 어떻게든 이 자리를 벗어나 달라며 시선을 보내니, 그녀가 고개를 끄덕였다.

하지만 하루키는 자신의 유카타 띠에 손을 대고――.

"꺄～～～～! 사, 살려, 살려줘요…… 저 사람들한테 능욕당할 거야～～～～!"

"""""""""으?!"""""""""

비단이 찢어지는 듯한 비명을 터뜨리며 하야토에게 매달렸다.

평소에도 하루키의 의연하고 방울을 굴리는 것 같은 목소리는 잘 울린다. 게다가 울부짖는 소리라면, 더더욱.

그리고 지금 하루키는 유카타를 들춘 채 어깨를 드러내고, 띠도 어중간하게 풀려 있었다. 그야말로 억지로 난폭한 짓을 당하려다가 도망친 것 같은 모습이었다.

주목이 모이자 하루키는 불에 기름을 뿌리듯 그들을 가리키고 소리 높였다.

"저, 저 사람들, 갑자기 날 걸레라느니 놀아주겠다느니 그러면서…… 웃, ……으으으……."

그때까지 말려들지 않으려고 멀찍이서 보던 주변 사람들도, 심상치 않은 상황임을 깨닫고 술렁이기 시작했다.

"야, 저 애 좀 봐……."

"심하네……. 여럿이서 저런 거야……?"

"그러고 보니 아까 엉덩이가 가볍네, 걸레네, 놀자느니 그랬던 것 같은데……."

"사람이 정도가 있지……."

"나, 나 잠깐 경비 찾아서 불러올게."

박진감 넘치는 연기였다.

이제는 어디서 어떻게 보더라도 그들이 하루키를 덮치고, 하야토 일행에게 도움을 청한다는 상황이 만들어지고 말았다.

당사자인 하루키는 현재 하야토의 가슴에 얼굴을 파묻고 있지만, 제대로 해냈다며 윙크와 함께 혀끝을 날름 내민 채 짓궂은 미소를 짓고 있었다.

"아니, 아니야, 그런 게!"

"저 여자가 멋대로."

그들도 주위를 향해 필사적으로 변명했지만 더더욱 주변

의 시선이 범죄자를 보는 눈빛으로 변할 뿐.

조금 떨어진 곳에는 울 것 같은 얼굴로 겁먹은 사키와 굳어 있는 히메코.

그것이 더더욱 하루키의 연기를 진실하게 만들고, 그들이 얼마나 흉악한지를 도드라지게 했다.

아무리 그래도 이 상황이 얼마나 위험한지 모를 리가 없다. 점점 얼굴이 파랗게 질렸다.

이윽고 "무슨 일이야!"라며 경비원 같은 목소리가 들리자마자, 그들은 잡목림 쪽으로 거미 새끼가 흩어지듯 도망쳤다.

"재수 없는 새끼들!"

"젠장, 두고 보자!"

그들의 뒷모습을 지켜보고, 진지한 표정으로 돌아온 하루키가 툭하니 중얼거렸다.

"저런 뻔한 대사를 정말로 하는 사람이 있구나……."

""".....풉.""""

그리고 그들은 얼굴을 마주 보고, 아하하 소리 높여 웃었다.

에필로그

불꽃놀이가 시작되었다.

하지만 신사 사무소 근처의 초즈야 한쪽에 앉은 카즈키는 젖은 손수건으로 부은 뺨을 식히며 히메코에게 혼이 나고 있었다.

"카즈키 씨, 갑자기 무슨 짓인가요?! 깜짝 놀랐잖아요. 뺨도 엄청 빨개졌고!"

"아하하, 입 안쪽도 꽤 찢어졌네. 내일부터 한동안 구내염으로 고생할 것 같아."

"웃을 일이 아니에요!"

허리에 손을 대고서 잔뜩 화가 난 히메코가 카즈키를 내려다보며 잔소리를 하는 구도는, 자못 한심하고 우스꽝스러울 것이다.

하지만 카즈키의 마음속은 그래도 웃음이 흘러나올 만큼 화창했다.

하야토 쪽을 흘끗 보자 그쪽도 마찬가지로 사키에게 혼이 나고 있었다.

"놀랐다고요! 그런 식으로 생각 없이 뛰어들어서, 싸우고…… 보는 것만으로도 조마조마했으니까요."

"아니 그게, 몸이 멋대로 움직였다고 해야 하나……."

"오빠까지 다쳤다면 어쩔 생각이었냐고요, 정말~."

"으음, 어——…… 죄송합니다."

확실히 도발적인 언동에 몸통박치기, 하야토의 행동은 칭찬받을 일이 아닐 것이다. 하야토 본인도 그런 자각이 있는지 시무룩하게 어깨를 움츠리고 있었다.

카즈키의 시선에 이끌려서 그런 오빠의 모습을 본 히메코도, "정말이지, 오빠도 문제라니까"라며 어이없다는 한숨을 흘렸다.

하지만 카즈키는 그런 하야토에게 말하고 싶은 것이 있어서, 조금 부끄러운 듯 입을 열었다.

"하지만 나는 하야토 군이 와줘서 기뻤어. 그래, 정말로 기뻤어. 바보라고는 생각했지만."

"……바보라서 미안하네."

"하핫, 물론 실제로 주먹을 휘둘렀던 내가 가장 바보였지."

"나, 카즈키가 그런 짓을 할 줄은 생각도 못 했어."

"아하하, 이상하지. 몸이 멋대로 움직였거든. 반사적으로…… 아, 그런가——."

그때 카즈키는 퍼뜩 깨닫고 말을 끊었다.

몹시 진지한 표정을 짓고는 하야토와 히메코와 사키, 그리고 조금 전 소동에 대해서 설명하고 있는 하루키랑 이오리, 에마가 있는 신사 사무소 쪽으로 시선을 향하고, 낭랑하게 가슴속의 말을 꺼냈다.

"그래, 분명 나는 내가 생각하던 것보다 더, 하야토 군이랑 히메코랑 모두를 좋아한 거야."

"카, 카즈키?!" "카즈키 씨?!" "와, 우와와?!"

스스로도 지나치게 직설적인 말이었나 싶어, 뒤늦게 찾아온 수치심에 뺨이 뜨거워졌다.

하야토와 히메코는 놀라서 말문이 막히고, 사키도 허둥지둥 연신 카즈키와 키리시마 남매의 얼굴을 교대로 바라봤다.

그래도 마음이 가벼웠다.

이제까지 어딘가 가슴속에 응어리처럼 맺혀 있던 것이 깨끗하게 사라지고, 마치 다시 태어난 것처럼.

"걔들 일이 있어서, 이제까지 다른 사람과 나 사이에 벽을 만들었어. 누군가를 믿는 것에 겁쟁이가 되었지. 하지만 아까 하야토 군을 보고 확신했어── 아, 진짜 친구구나. 나는 이미, 진즉에 구원을 받았구나……."

"어, 어어……."

부끄러운 말을 하고 있다는 건 알았다. 듣는 하야토도 얼굴이 붉어지며 반응에 곤란해했다.

하지만 어떻게든 말로 전하고 싶었다.

마음은 말로 표현하지 않으면 전해지지 않는다── 이오리와 에마에게 배우지 않았던가.

그렇지. 또 한 사람, 제대로 말로 전해야만 하는 것이 있었다.

카즈키는 조금 긴장한 표정으로 일어서서, 부어 있는 뺨을 여봐란 듯이 새빨갛게 물들이고, 어디까지나 진지한 목소리로 히메코를 향해 똑바로 손을 뻗었다.

"이것저것 여자하고 있었던 일로 생각하는 바가 있었어. 하지만 히메코는 달랐어. 항상 별것 아닌 듯 대해주고, 오늘도 누나와는 별개로 날 봐주고…… 생각해보면 히메코한테도 무척 구원을 받았어. 그러니까!"

"어, 아, 예?!"

"나는 히메코하고도 친구가 되고 싶어. 친구의 동생, 오빠의 친구가 아니라, 제대로 된 친구가……!"

"~~~~?!"

지금 이 분위기에 몸을 맡기고 이야기했다. 그것은 옛날부터 생각하던 것.

하지만 히메코에게는 갑작스러운 일이라, 머리에서 김이 나올 것만 같이 새빨개져 있었다. "어……", "아으"라는 소리를 흘리며 히메코의 눈이 빙글빙글 돌았다. 하야토와 사키도 마찬가지였다.

카즈키가 뻗은 손이 허공을 헤맸다.

어쩌면 히메코에게 폐가 되었을지도── 그렇게 생각해서 표정이 일그러진 것도 한순간, 그럼에도 카즈키는 한 걸음 앞으로 나섰다.

"히메, 코──."

"카, 카즈키 씨는!"

"아, 예."

"그런 거 굳이 말 안 해도, 진즉에…… 아니, 그 팔, 어떻게 된 거예요?!"

히메코는 마치 내팽개칠 기세로 카즈키의 손을 붙잡더니, 소맷자락에서 무척 아파 보이는 찰과상을 발견하고 크게 소리 높였다.

카즈키는 그것을 지금 깨달았다는 듯 어딘가 남 일처럼 말했다.

"아, 떠밀려서 넘어졌을 때 생긴 거 아닐까?"

"생긴 거 아닐까? 가 아니고! 아 정말, 반창고로는 안 돼! 오빠, 사키, 편의점 가자!"

"어, 응." "와, 와, 기다려."

"……아."

히메코는 몸을 돌리고, 하야토와 사키의 손을 붙잡고 달려갔다.

그리고 마침 그때, 신사 사무소에서 돌아온 하루키와 맞닥뜨리고는 지나가며 빠른 말투로 말했다.

"하루, 카즈키 씨를 부탁할게!"

"……히메?"

그들은 의아하다는 표정을 짓는 하루키와 카즈키를 그 자리에 놔두고 떠났다.

하루키가 빤히 흘겨봤기에 카즈키는 평소 모습으로 어깨를 으쓱였다.

"어라, 니카이도뿐이야? 이오리 군이랑 이사미는?"

"두 사람은 사무소 쪽에 아까 일 설명, 이라기보단 변명

중이야. 나는 흐트러진 유카타를 다시 입고 중간부터 끼어드는 것도 그래서 돌아왔어. 뭐, 큰일로 만들 생각은 없으니까."

"그런가."

"……그래서, 히메코한테 뭘 했어?"

"친구가 되어줘, 라고 부탁했을 뿐이야."

"언젠가 하야토한테 그랬던 것처럼?"

"그런데?"

하루키의 말이 무슨 의미인지 잘 알 수가 없었다. 무심코 그것이 어쨌냐며 어리둥절했다.

하지만 하루키는 그런 카즈키의 얼굴을 보고 하아, 어이없다는 큰 한숨을 내쉬었다.

"전부터 생각했는데 말이야, 카이도는 바보구나."

"나도 스스로한테 깜짝 놀랐어."

"얼굴도 무척 남자다워졌고."

"아하하, 당분간은 계속 부어 있으려나?"

"……난 카이도는 이럴 때 좀 더 무난하게 넘기는 녀석이라고 생각했어."

"그러게, 이제까지의 나였다면 아마도 그랬을 거야. 하지만……."

"하지만?"

"하야토 군이 바보 취급을 당하고, 걔네가 히메코한테 손을 뻗었을 때, 머리가 새하얘져서…… 져서……."

"흐음…… 카이도?"

그때의 일을 다시금 떠올리며 이야기하다가 묘하게 걸리는 것을 느끼고, 어째선지 말끝이 점점 작아졌다.

의아하게 여긴 하루키가 얼굴을 들여다봤다.

카즈키는 눈을 크게 뜨고, 자신의 오른손을 바라보고, 가슴속에 생겨나고 만 그것을 확인하듯 흘렸다.

"──그 녀석들이 히메코한테, 손을 대려고 했을 때였구나."

"어?"

"그 녀석들한테 히메코가 더럽혀질 것 같다든지, 건드리게 두고 싶지 않다든지, 용서할 수 없다든지, 그런 감정이 단번에 치밀어서, 머리를 가득 채워서……."

그때, 히메코가 그들을 보고 겁먹은 표정을 내비친 순간. 자신 안의 무언가가 터졌다. 터져버렸다.

키리시마 히메코.

어느샌가 자주 함께 놀게 된 여자아이.

영화에 수영장, 방과 후 아르바이트 중.

많은 곳에서 쇼핑도 하고, 오늘은 가을 축제까지.

밝고 유행하는 것을 좋아하는 그녀는, 언제나 주변에 웃음을 선사했다.

그리고 언제나 카즈키를 특별한 눈으로 보지 않았다.

오늘도 누나는 누나, 카즈키는 카즈키라고 말해주어, 마음속에 있던 약간의 불안을 날려주지 않나.

마치 태양처럼 쾌활한 히메코에게는 눈부신 미소야말로

잘 어울리고, 그렇기에 문득 그녀가 드러내는 그 이외의 표정이 눈에 새겨져서 떨어지지를 않는다.

수영장에서 좋아하는 사람이 있었다고 작게 말했을 때도.

몰래 오빠나 친구한테 말할 수 없는 일이 있다고 속마음을 흘렸을 때도.

틀림없이 항상 짓고 있는 미소 뒤에, 큰 고뇌를 품고 있을 것이다.

카즈키와 마찬가지로. 혹은, 그 이상으로.

그렇기에 그녀가 그런 표정을 짓지 않기를, 강하게 바란다.

그리고 문득, 조금 전 친구가 되고 싶다며 뻗은 손을 붙잡아준 그때의 기쁨을 다시금 떠올리고── 가슴이 욱신거렸다. 욱신거리고 말았다. 응시하던 손으로 유카타에 주름을 만들고, 윽, 신음을 흘리며 미간을 구겼다.

"잠깐, 카이도, 혹시 다친 데가 아픈 거야?!"

"다친 곳은 아니지만 가슴이 엄청 아파. 아, 그렇구나──."

"어, 그건 무슨……."

심장은 있을 수 없을 만큼 빠르게 뛰고 있었다.

가슴에 싹트고 만 이 감정을 확인하고자, 마음속의 천칭에 많은 것들을 얹어봤다.

진심으로 믿을 수 있는 친구의 동생.

이제 막 친구가 되자고 말한 여자아이.

게다가 그녀의 마음에는, 아직 호의를 품은 상대도 있다.

그런데도 부풀어 오르는 감정 반대편에는 무엇을 얼마나

없든 균형이 맞지 않았다.

얼굴이 점점 일그러졌다.

자신을 걱정스럽게 들여다보는 하루키가 시야에 비쳤다. 그 정도로 지독한 얼굴이라는 거겠지.

마침 그때, 불꽃이 터졌다.

밤하늘에 피어난 꽃에 비친 카즈키의 얼굴은 당장에라도 울음을 터뜨릴 것 같은 미아의 얼굴일 것이다.

일찍이 맛보았던 아픔.

기껏 얻어낸 지금이 변하는 것에 대한 두려움.

그래도 이 감정에게만은 눈을 돌려서는 안 된다고── 말로서 형태를 만들었다.

"난 지금, 태어나서 처음 누군가를 진심으로 좋아하게 됐구나……."

"──어."

하루키는 눈을 크게 뜨는 것과 함께, 믿을 수 없다는 듯 숨이 막히는 것 같은 목소리를 흘렸다.

예상 밖의 발언.

하지만 결정적인 말이었다.

카즈키의 말이 커다란 불길이 되어 하루키의 가슴을 태

웠다.

숨이 막혔다. 발밑이 휘청거렸다. 동요가 수습되지 않았다.

분위기가 이상한 카즈키의 심경을 헤아리려 했던 것도 어우러져서, 그 마음의 변화를 손에 잡힐 듯이 알 수 있었다.

그것은 자신의 몸마저 불태우는 감정의 발로. 진짜만이 발하는 뜨거운 열기.

그리고 하루키는 본능적으로 그것이, 조금 전 사키의 마음에서 베끼려 했지만 여태껏 한 번도 건드릴 수 없었던 벽 너머에 있는 것이라고 이해했다.

——이 어찌나 큰 감정인가.

몹시 삐걱대는 가슴을 무의식중에 붙잡았다.

카즈키도 자신이 흘리고 만 말이 갑작스러워서 믿기지 않는 모양이었다.

동요해서 손을 떨고, 매달리는 것 같은 눈빛을 하루키에게 향했다.

하루키도 그것을 어떻게 받아들이면 좋을지 알 수 없었다.

카즈키는 자신과 같이 상대에게 적당히 맞추는 쪽이라고 생각했으니까, 더더욱.

"어째서——."

"카즈키 씨—, 약 사 왔어요—!"

하루키가 의문을 던지려던 그때, 편의점에 간 세 사람이 서둘러 돌아왔다.

카즈키는 동요 탓에 움찔 몸을 떨고 시선을 헤맸다.

그러나 히메코는 그런 카즈키의 모습에 시선도 주지 않고, 치료가 먼저라며 그의 손을 붙잡았다.

"소독약도 있으니까, 상처 보여줘요."

"어?! 어, 아니, 히메코, 혼자서도 할 수 있어."

"정말이지, 그런 소리나 하고! 다친 건 오른손이라고요? 혼자서 제대로 치료할 수 있겠어요?! 됐으니까, 얼른!"

"그래도 그게…… 아."

"아."

공방의 결과, 카즈키가 히메코의 손에서 약을 떨어뜨려 버렸다.

어색한 표정을 짓는 카즈키.

퉁퉁 화를 내며 떨어진 약을 줍는 히메코.

카즈키는 명백하게 감정에 휘둘려서 동요하고 있었다.

당연하다. 그만한 불꽃에 맞닥뜨리고서 냉정하게 있으라는 것이 더 어렵다.

어두워서 그 표정을 다른 사람들이 깨닫지 못한 것이 다행인가.

"정말! 괜히 폼 잡지 말고, 얌전히 치료를 받아요!"

"……예."

시무룩하게 고개를 숙이고 히메코에게 팔을 맡기는 카즈키를 보고 하야토가 쿡쿡 어깨를 흔들며 웃었다. 그야말로 지금 상황을 무마하는 우스꽝스러운 모습이었다.

"체면이 말이 아니네, 카즈키."

"……하하, 정말이야."

"자, 다 됐어요! 아, 벌써 불꽃놀이 시작됐어!"

"기다렸지ー."

"미안해, 시간이 좀 걸렸어."

"에마 씨랑 남친분! 불꽃놀이 시작했으니까 보러 가요!"

에마와 이오리도 신사 사무소에서 돌아왔다. 히메코의 재촉에 하야토와 사키도 이동을 개시했다.

"아, 기다려, 히메코!"

치료를 마치고 멍하니 있던 카즈키는, 불꽃으로 흥미가 넘어간 그들을 쫓아갔다.

"그, 그 손수건, 피가 묻어서 더러우니까, 빨아서 돌려줄게……."

"응? 이건 괜찮아요. 이 정도는 신경 안 쓰니까."

"내, 내가 신경이 쓰이니까!"

"그렇게까지 말한다면……."

그러면서 카즈키는 다소 억지스럽게 히메코에게서 치료에 쓴 손수건을 받아들었다. 카즈키답지 않게 여유가 없다는 것이 엿보였다.

수상쩍게 여겨지지는 않을지, 하루키가 오히려 조마조마했다.

"하루키?"

"어?! 저, 저기 뭔데? 왜?"

그때 갑자기 하야토가 말을 건네어 깜짝, 얼굴과 몸이 굳었다. 이상하게 고동이 빨라졌다.

과도하게 반응하는 하루키를 하야토는 의아하다는 표정으로 들여다봤다.

"왜기는…… 안 갈 거야?"

"지, 지금 갈게!"

"어, 야."

어째선지 제대로 정면에서 얼굴을 볼 수가 없어서, 황급히 앞을 가는 다른 사람들을 쫓았다.

눈앞에서 터지고 있는 불꽃이 주변 사람들의 얼굴을 다양한 색깔로 물들였다.

밤하늘에서 연속으로 터지는 폭죽 소리는 마치 터질 것같은 하루키의 심장 같아서.

카즈키의 타오르는 열기를 맞닥뜨린 가슴의 고동은, 아직가라앉을 것 같지 않았다.

마치 무의식 안에 봉인되어 있던 것이 밝혀지는 듯한 감각.

그 감정은──.

문득 카즈키와 눈이 마주쳤다.

수줍은 듯, 또한 곤란한 듯한 미소를 짓는 그 얼굴이, 어째선지 너무나도 눈부셨다. 사키와 마찬가지로.

얼굴이 잔뜩 일그러졌다.

변하지 않는 것은 없다고 통감했다.

아무리 바라더라도 이루어지지 않는 일이 있다는 것도.

그럼에도 카즈키는 같은 부류라고 생각했다.

그런데 어째서?

틀림없이 그 순간 많은 생각을 했을 것이다.

그는 조금 전에도 그답지 않은 짓을 했다.

그런데도 자기 몸을 태우는 그 불꽃에 따라, 마음속의 천칭을 결정적인 방향으로 기울이겠다고 선택한 것이다.

──설령, 더 이상 똑같은 태도로 대할 수 없게 될지라도.

후기

히바리유입니다! 정확하게는 어딘가에 있는 마을의 목욕탕, 히바리유의 간판 고양이입니다! 냐—앙!

여기서 만나는 것도 여섯 번째, 한 손의 손가락 숫자를 넘었습니다. 감개무량하네요! 문득 정신이 드니 작가로서 2년 반 계속 전학 미소녀를 쓰고 있었습니다. 벌써 그렇게나 지나버렸냐고 깜짝.

하지만 이야기는 아직 도중, 앞으로도 재미있게 보실 수 있도록 마음을 다잡고 갔으면 좋겠습니다!

자자, 이번 이야기는 어떠셨을까요? 카즈키를 중심으로 진행하며, 이야기 전체적으로 큰 터닝 포인트가 되었을까 합니다.

그리고 이번 라스트 말인데, 계속 그리고 싶다 생각했던 장면 중 하나이기도 했습니다. 이런 느낌의 내용을 그리고 싶다며 매우 분발했습니다만, 그러나 무척 고전했습니다. 막상 적고도 제대로 와 닿지가 않아서. 한 달 가까이 만지작거리고, 몇 패턴이나 적어서는 담당 편집자님에게 보내고는, 이건 좀 아닌데, 를 되풀이 했습니다.

최종적으로 담당 편집자님의 의견과 조언으로 딱 떠올라서, 전학 미소녀다우면서 무척 만족스럽게 완성되었습니다. 고개를 들 수가 없네요!

　다음 권은 문화제라는 학원물 클리셰 이벤트와 함께, 이야기를 크게 움직이고 싶습니다. 최근에 나올 차례가 적은 그 아이한테 스포트를 맞추고 싶은 참. 그리고 계속 그리고 싶었던 장면이나 미리 깔아둔 복선도 있으니까, 그것들도 포함해서 분위기를 고조시키고 싶은 참이네요.

　다른 이야기지만, 저는 바다가 없는 현 주민이라 신선한 바다의 산물이라는 것에 강한 동경이 있습니다.

　그리고 어딘가 멀리 나가고 싶다는 욕심과 어우러져서 차를 몰기를 세 시간, 와카야마현의 아리타 시에 있는 어항에 다녀왔습니다!

　목적은, 갓 만들어진 수협 직영의 가게입니다. 도로 휴게소 같은 느낌이라면 제대로 전해질까요? 그곳에서 먹은 해산물 덮밥, 이 어찌나 맛있는지!

　너무나도 맛있었기에 재방문해 버렸습니다. 다음으로 방문했을 때에 주문한 것은 멸치 덮밥. 그야말로 멸치를 잔뜩 쌓아올린 모습은, 그만 웃어버렸을 정도. 완전히 이 가게의 포로가 되어버렸죠.

　아무래도 정기적으로 참치 해체쇼도 한다고. 다음에, 그것에 맞추어서 참치 모둠 덮밥을 먹으러 갈까 계획하고 있습니다. (웃음)

우리 집에 맞이한 냐―앙에 대해서.

FIP, 고양이 전염성 복막염이라는 병을 아시나요? 우리 아이가 이것에 전염되어 버렸습니다. 주로 새끼고양이에게 발병하고 진행도 무척 빨라서 치사율은 거의 100%. 아직 치료법이 확립되지 않아서, 유일한 희망은 해외에서 막 개발된 일본에서는 미인가인 약뿐.

야단법석 대소동이었죠. 약도 당연히 애완동물 보험 미적용, 고액이라 저축도 날아가 버렸지만 목숨과는 바꿀 수 없습니다. 석 달 가까운 투약을 거쳐서, 지금은 관해를 목표로 경과 관찰 중입니다. 건강하게 뛰어다니니까 우선은 안심일까요?

지면도 얼마 안 남았습니다.

현재, 오야마 키나 선생님의 만화가 2권까지 발매 중입니다. 이쪽도 잘 부탁드려요!

마지막으로 편집자 K 님, 수많은 상담이나 제안, 감사합니다. 특히 이번에는 무척 도움을 받았습니다! 일러스트 시소 님, 미려한 그림 감사합니다. 저를 지탱해준 모든 사람과, 여기까지 읽어주신 독자 여러분께 진심으로 감사를. 앞으로도 응원해 주신다면 행복하겠습니다.

그리고 팬레터는 항상 작품을 쓸 때의 활력이 되고 있습니다.

아마도 보내준 사람이 생각하는 것 이상으로.

그러니까 좀 더 가벼운 느낌으로, 아예 경솔하게 보내주세요.

　팬레터에 뭘 적으면 될지 모르겠다? 『냐―앙』이라고 한마디 적는 것만으로 괜찮아요!

　냐―앙!

2022년 12월 히바리유

TENKOSAKI NO SEISOKAREN NA BISHOJO GA, MUKASHI DANSHI TO
OMOTTE ISSHO NI ASONDA OSANANAJIMI DATTAKEN Vol.6
©Hibariyu, Siso 2023
First published in Japan in 2022 by KADOKAWA CORPORATION, Tokyo.
Korean translation rights arranged with KADOKAWA CORPORATION, Tokyo.

전학 간 학교의 청순가련한 미소녀가 옛날에 남자라고 생각해서 같이 놀던 소꿉친구였던 일 6

2024년 3월 15일 1판 1쇄 발행

저　　　　자	히바리유
일 러 스 트	시소
옮　긴　이	손종근
발　행　인	유재옥
총 괄 이 사	조병권
출판본부장	박광운
담 당 편 집	박치우
편 집 1 팀	박광운 최서영
편 집 2 팀	정영길 조찬희 박치우 정지원
편 집 3 팀	오준영 이소의 권진영
디자인랩팀	김보라 박민솔
디지털사업팀	박상섭 김지연 윤희진
라이츠사업팀	김정미 맹미영 이윤서
영업마케팅팀	최원석 박수진
물 류 팀	허석용 백철기
경영지원팀	최정연
인쇄제작처	㈜코리아피앤피
발　행　처	㈜소미미디어
등　　　록	제2015-000008호
주　　　소	서울시 마포구 토정로222, 403호 (신수동, 한국출판콘텐츠센터)
전　　　화	편집부 (070) 4164-3962, 3963 기획실 (02)567-3388
	판매 및 마케팅 (070)8822-2301 Fax (02)322-7665

ISBN 979-11-384-8208-0
ISBN 979-11-384-3377-8 (세트)